BIBLIOTHÈQUE DE LA JEUNESSE

L'AUBERGE DE L'ANGE GARDIEN

PAR P. DE PITRAY

LIBRAIRIE 2f50 HACHETTE

Bibliothèque des Ecoles et des Familles

1re SÉRIE

Format grand in-8 (28 × 18)

Chaque volume :
broché . . . . **10 fr.**
relié tranches jaunes, tête dorée . . . . **15 fr.**

About (E.) : **L'homme à l'oreille cassée.**
Le roman d'un brave homme.

Avezan (D') **Enfant d'adoption.**

Beecker Stowe : **La case de l'oncle Tom.**

Cervantes Saavedra : **Don Quichotte de la Manche.**

Charlieu (H. de) : **Mademoiselle Olulu.**
Le dernier des Castel-Magnac.
Le Fils du Naufragé.

Cim (Alb.) : **Grand'mère et petit-fils.**

Géniaux (Charles) : **Petit poète et grand roi.**

Jeanroy (B.-A.) : **L'Enfant de Saint-Marc.**

Maël (P.) : **Robinson et Robinsonne.**
Le trésor de Madeleine.
Un mousse de Surcouf.
Lance et Quenouille.
Les deux tigresses.
Terre de fauves.
Le Talisman.

Monnier : **Notre belle Patrie. Sites pittoresques de la France.**

Raynal : **Les Naufragés.**

Roussele (L.) : **Sur les confins du Maroc.**

Scott (Walter) : **Ivanhoë.**

Toudouze (G.) : **La vengeance des Peaux-de-Biques.**
Le Renard de la Mer.
Le voltigeur hollandais.

Vernon (P.) : **Pirate de l'air.**

Wyss (J.) : **Le Robinson suisse.**

Pour la collection complète, demander le Catalogue de Distribution de Prix.

2e SÉRIE

Format in-8 (25 × 17)

Chaque volume
broché . . . . **9 fr.**
relié percaline, tranches jaunes, tête dorée . . **13.50**

About (E.) : **Nouvelles et souvenirs.**
Le roi des montagnes.

Arthez (Danielle d') : **Les tribulations de Nicolas Mender.**

Beauregard (G. de) : **Le rubis de Lapérouse.**

Boland (H.) : **Excursions en France.**

Bovet (Mme de) : **Mademoiselle l'Amirale.**

Cahun (L.) : **Les pilotes d'Ango.**

Colomb (Mme J.) : **Mon oncle d'Amérique.**
Les étapes de Madeleine

Cooper (Fenimoore) : **Le dernier des Mohicans.**

Corneille : **Œuvres choisies.**

Daudet (A.) : **Histoire d'un enfant, le petit Chose.**

Dickens (C.) : **David Copperfield.**
Nicolas Nickleby.

Dourliac (A.) : **Fleur des ruines.**

Gaffarel (P.) : **Les campagnes de la première République.**

Girardin (J.) : **Le locataire des demoiselles Rochon.**

Guy : **Gérard le Résolu.**

Perrault : **Fière devise.**
Autour d'un secret.

BIBLIOTHÈQUE DE LA JEUNESSE

L'AUBERGE DE L'ANGE-GARDIEN

PIÈCE EN 3 ACTES ET 6 TABLEAUX

Tirée du roman de la Comtesse DE SÉGUR

PAR

PAUL DE PITRAY

ILLUSTRATIONS DE FOULQUIER ET DUPUY

LIBRAIRIE HACHETTE
79, BOULEVARD SAINT-GERMAIN, PARIS

PERSONNAGES :

LE GÉNÉRAL DOURAKINE

MOUTIER

DÉRIGNY

JACQUES ET PAUL

TORCHONNET

MICHEL ET ALCIDE BOURNIER

LE BOUCHER DUPONT

JEAN-PIERRE } Invalides de Crimée
LÉON }

LE JUGE D'INSTRUCTION

LE GREFFIER

LE GENDARME

LEDUC, 1er MAITRE D'HOTEL } du Normandy-Hôtel de Bagnoles
LEPRINCE, 1er CUISINIER }

L'ENTREPRENEUR LEROY

MADAME BLIDOT (HÉLÈNE) 28 ANS

ELFY (SA SŒUR), 17 ANS

PAYSANS ET PAYSANNES

(Comédie dramatique représentée pour la première fois le 10 janvier 1924, sur la scène de « Femina »)

L'AUBERGE DE L'ANGE-GARDIEN

ACTE I

PREMIER TABLEAU

Dans la forêt, Dérigny arrive portant Paul endormi, Jacques le suit ; Dérigny a son sac d'outils au dos, plus une scie.

SCENE I

DERIGNY, JACQUES, PAUL *endormi.*

JACQUES

Papa! On ne va pas bientôt s'arrêter?

DÉRIGNY

Pourquoi?

JACQUES

Je suis fatigué. On marche depuis midi. Ça fait au moins deux heures.

DÉRIGNY

Eh bien, mon Jacques, reposons-nous ici un instant.

JACQUES

Tu ne vas pas garder Paul dans tes bras? Mets-le sur la mousse ici. Quand il dort, c'est un plomb.

DÉRIGNY

Le fait est que le chéri tombait de lassitude quand je l'ai pris. (*Il le dépose ainsi que son sac d'outils et sa scie, puis s'assied.*)

JACQUES, *debout près de lui.*

Il t'aime tout plein, tu sais, papa! Mais moi, je crois que je t'aime encore plus!

DÉRIGNY, *serrant Jacques contre lui.*

Mes deux enfants! Mon Jacques! Mon Paul! Tout ce qui me reste...

JACQUES

Alors? C'est bien vrai que maman est partie pour toujours sous la terre?

DÉRIGNY, *douloureux.*

Pour toujours...

JACQUES

Mais, on la retrouvera au ciel, dis? (*Dérigny fait oui de la tête et pleure.*) Papa! faut pas pleurer! Ça me serre la gorge quand tu pleures!

DÉRIGNY, *s'essuyant les yeux.*

Mon enfant, mon Jacques... J'ai le cœur gros. J'aimais tant ta maman!

JACQUES

Pourquoi qu'on est parti si vite après avoir mis maman au cimetière? On va comme si on se cachait?

DÉRIGNY, *amer.*

Comme si on se cachait... Ah! malheur!

JACQUES

C'est vrai alors? On se cache! Pourquoi, dis?

DÉRIGNY

Tu ne pourrais pas comprendre.

JACQUES

J'ai six ans passés, je comprends bien, va!

DÉRIGNY

Plus tard, je te dirai. Tu sauras pourquoi.

JACQUES, *inquiet.*

C'est-y que tu as tué quelqu'un?

DÉRIGNY

Non, non! je n'ai pas de crime sur la conscience. Ne m'interroge pas.

JACQUES

J'ai bien vu, l'autre jour : quand les gendarmes sont passés : tu m'as fait blottir avec toi derrière une haie!

DÉRIGNY

C'était pour ne pas leur montrer mes papiers de menuisier. Il y manquait quelque chose.

JACQUES

Des papiers? J'en ai plein ma poche. Tiens! tout un journal...

DÉRIGNY

Merci, mon Jacquot! Les papiers, vois-tu, ça n'est pas du journal.

JACQUES

Dis, papa; pendant que Paul dort, j'ai envie de lui cueillir des fraises des bois. J'en ai vu tout à l'heure.

DÉRIGNY

Mais, tu te disais fatigué?

JACQUES

De marcher, oui, mais pas de cueillir des fraises.

DÉRIGNY

Va donc. Mais ne t'éloigne pas. Je me repose en attendant (*Jacques disparaît après avoir envoyé un baiser à son père.*)

SCENE III

DERIGNY, PAUL *endormi.*

DÉRIGNY

Ouf, je suis éreinté. Le souci me ronge!

« ICI ! CAPITAINE, TU NE VAS PAS GROGNER
SUR DES PETIOTS, J'IMAGINE !... »

PAUL, *dans son sommeil.*

Papa! Maman!

DÉRIGNY, *lui posant la main sur la tête.*

Dors, mon petit, dors! C'est si bon de dormir! On oublie, on fait des rêves... La douleur vous lâche... Dors, mon petit Paul, dors. Tu souris aux anges, à ta maman, sans doute. Puisse-t-elle nous protéger de là-haut. J'ai si peur que... (*Il regarde sous bois et se lève brusquement.*) Ciel! les gendarmes! (*Il se cache derrière un arbre voisin.*)

SCENE III

DERIGNY, PAUL *endormi*, DEUX GENDARMES

LE BRIGADIER, *accent du Midi.*

Je jurerais qu'il a pris ce raccourci. Qu'en dites-vous, Lirondelle?

LE GENDARME

Pour sûr, brigadier, vous avez raison!

LE BRIGADIER

Avant la nuit, il faut que nous ayons mis la main dessus, Lirondelle!

LE GENDARME

Depuis trois jours qu'on est après, vous dites juste, brigadier. Il fait chaud à la poursuite de ce particulier-là.

LE BRIGADIER, *se grattant la tête.*

Malheureusement, il y a carrefour de sentiers. Ici, ou là?

LE GENDARME, *sans rien désigner.*

Moi, j'opinerais pour l'un, à moins que vous soyez d'avis de l'autre. La hiérarchie doit choisir.

LE BRIGADIER

J'examine. (*Apercevant Paul endormi.*) Tiens? un gosse endormi.

LE GENDARME

Un enfant perdu, faut croire.

LE BRIGADIER, *penché sur Paul.*

Il dort bien. C'est pas malheureux de perdre comme ça un gosse en forêt.

LE GENDARME

Si qu'on l'emmènerait, brigadier?

SCENE IV

LES MÊMES, DERIGNY

DÉRIGNY, *accourant.*

Hé là! Touchez pas à mon enfant! Je suis là.

LE BRIGADIER

Fâchez pas! On le croyait perdu... Au fait, qu'est-ce que vous fabriquez dans les bois avec votre attirail de menuisier?

DÉRIGNY

Je vais chercher de l'ouvrage à la ville voisine.

LE BRIGADIER

Vous avez des papiers? montrez voir. (*Dérigny se fouille et tend des enveloppes.*) C'est tout ça vos papiers, des enveloppes de lettres?

DÉRIGNY

J'ai oublié mes papiers.

LE BRIGADIER

Et sur ces enveloppes, vous vous appelez Aubry? (*Au gendarme.*) Dites-donc, Lirondelle, que pensez-vous du particulier?

LE GENDARME

Tout comme vous, brigadier. Y a pas d'erreur!

LE BRIGADIER, *déployant un papier.*

M. Aubry! J'ai là un signalement diantrement embêtant pour vous... Compulsez avec moi, Lirondelle!

Front... nez... bouche... cheveux... taille... (*A chaque désignation le gendarme répète le mot.*) Est-ce assez net?

LE GENDARME

Ce que c'est net!

LE BRIGADIER, *à Dérigny, lui mettant le papier sous les yeux.*

M. Aubry, n'est-ce pas votre vrai nom qui est écrit là? Répondez. (*Dérigny hausse les épaules d'un air lassé.*) Alors? Vous en convenez, vous vous appelez bien Dérigny, recherché par l'autorité militaire pour insoumission à la loi de recrutement?

DÉRIGNY

Oui, c'est bien moi. Mais je ne suis pas déserteur. Je n'ai pas pu rejoindre mon régiment. Ayez pitié! J'avais ma femme malade avec deux enfants à nourrir... Elle est morte! et les deux enfants me restent. Sans moi, ils meurent de faim. Laissez-moi aller, par pitié!

LE BRIGADIER

Tonnerre de sort! C'est à moi que vous dégoisez ça! (*Au gendarme.*) Hé! Lirondelle. C'est pas dégoûtant parfois d'être gendarme?

LE GENDARME, *s'essuyant les yeux.*

Ha! Brigadier, ce que je me dégoûte!

LE BRIGADIER, *fièrement.*

N'empêche que la gendarmerie, c'est pas un homme, c'est un devoir! Moi, le devoir, je vous commande, Aubry-Dérigny de nous suivre au chef-lieu de canton!

DÉRIGNY, *tombant à genoux.*

Pitié! Brigadier! Pitié pour mes deux enfants!

LE BRIGADIER

Le second, où est-il?

DÉRIGNY

L'autre, l'aîné, mon Jacques, il est dans les environs, laissez-moi l'attendre!

LE BRIGADIER

Nous ne pouvons pas perdre notre temps. Marchons! l'autorité avisera.

LE GENDARME

Brigadier! Après le service, je pourrais revenir, pour les gosses!

LE BRIGADIER

C'est cela. (*A Dérigny.*) Vous voyez, on fera le possible. Marchons!

DÉRIGNY

Je meurs de douleur! Laissez-moi embrasser une dernière fois mon Paul, et mettre un mot d'explication pour mon Jacques!

LE BRIGADIER

Faites! (*Dérigny se baisse sur Paul endormi après avoir griffonné trois lignes sur une page de son calepin, page qu'il arrache et dépose sur l'enfant.*)

LE BRIGADIER

Lirondelle, sous l'uniforme, pas de place au cœur. Garde à vous!

LE GENDARME, *saluant militairement.*

Le mien, de cœur, est dans ma veste de jardin, brigadier.

LE BRIGADIER

Dérigny! Chargez vos outils, et en route!

DÉRIGNY, *tendant les bras vers Paul avec désespoir.*

Adieu, mes petits! adieu! adieu! (*Il ramasse son sac d'outils et sa scie.*)

LE BRIGADIER

Allons, pas d'observations, et marchez droit. (*Ils disparaissent tous les trois.*)

SCENE V

PAUL, *seul et endormi.*

(*Après s'être roulé de droite et de gauche, il se met sur son séant, et se frotte les yeux. Il appelle posément.*) Jacques! (*Après un moment, il regarde autour de lui et appelle de nouveau avec frayeur.*) Papa! (*Il se met debout, regarde de tous les côtés et commence à pleurer en appelant alternativement.*) Papa!... Maman!... Jacques!... (*Sanglots et lamentations, au bout d'un instant, Jacques apparaît tout courant.*)

SCENE VI

JACQUES, PAUL

JACQUES

Pourquoi que tu pleures, Paul? Me v'là! J'ai des fraises pour toi, mange! (*Il lui met le bouquet en main.*) Elles sont bonnes?

PAUL, *mangeant.*

Oui. Pourquoi que tu m'as laissé seul?

JACQUES

Pour te chercher des fraises. Où est papa?

PAUL

Sais pas. J'ai appelé : papa! Il est pas venu.

JACQUES, *inquiet, appelant.*

Papa! (*Il va au bout de la clairière et continue d'appeler.*) Papa... Papa... (*Il revient vers Paul.*) Alors, tu ne sais pas où il est? Plus d'outils?...

PAUL, *mangeant.*

Je m'a réveillé tout seul.

JACQUES, *très inquiet.*

J'ai peur, Paul! J'ai peur pour papa. (*Avisant le papier à terre.*) Un papier? Qu'est-ce que c'est? (*Il le ramasse et regarde.*) C'est écrit par papa. Il a écrit si vite que c'est dur à lire... « Mon Jacques. » Il y a bien « mon Jacques ». C'est à moi qu'il parle. Ah! Paul, si tu savais lire, tu m'aiderais... « Mon Jacques » je suis... je suis quoi? « Je suis emmené... par les ... par les... (*Il jette un cri.*) « Les gendarmes! » Ah papa! papa! c'est fini, fini. On l'a pris. On l'a emmené! Papa! papa! (*Il se roule par terre en se lamentant.*)

PAUL, *marchant vers son frère.*

As bobo, Jacques? Tiens, mes fraises. (*Il lui offre le reste du bouquet.*)

JACQUES, *se relevant.*

Les gendarmes, les gendarmes! Il en avait si peur... Ah! mon Dieu! Que va-t-il devenir? Qu'allons-nous devenir sans lui! (*Il se tord les bras.*)

PAUL, *apitoyé.*

Tiens, mes fraises, prends!

JACQUES

Paul, Paul! plus d'espoir que dans le Ciel!... Prions, prions! disons la prière de Maman! (*Il se met à genoux, Paul l'imite. Jacques joint les mains, lève la tête et prie tout haut.*) Souvenez-vous, Vierge Marie, souvenez-vous! Celui qui vous prie n'a jamais été abandonné, jamais, jamais...

PAUL, *répétant machinalement.*

Jamais bandonné...

JACQUES

Sainte Vierge, Sainte Vierge, nous sommes à vos genoux! Je vous demande... (*Sa voix se perd dans un sanglot. Une pause. Dans le lointain s'élève une voix d'homme chantant un refrain.*)

La voix se rapprochant.

Le zouzou, c'est un rude soldat,
Brutal au feu, tigre au combat.
Vive la France!

JACQUES, *à Paul, sans se relever.*

Ecoute, on vient!

La voix, plus proche.

« Mais les femmes, les enfants encor,
Disent que l'zouzou loge un cœur d'or
Sous sa garance! »

IL A L'AIR D'UN BON CHIEN

SCENE VII

LES MÊMES, MOUTIER, LE CHIEN CAPITAINE.

MOUTIER, *apparaissant.*

Ici, Capitaine. Tu ne vas pas grogner sur des petiots, j'imagine... des petiots à genoux, même. Tiens, mais, on dirait que ça a pleuré ces gosses. (*Aux enfants.*) Qu'est-ce que vous faites là tout seuls?

JACQUES, *se relevant ainsi que Paul.*

On disait la prière de Maman à la Sainte Vierge.

MOUTIER

Ah! voilà, la maman a perdu ses petits. Elle les cherche sans doute!

JACQUES

Maman! elle est morte, Monsieur...

MOUTIER

Diable! Alors, le papa!

JACQUES, *larmoyant.*

Papa, pauvre papa! Il nous avait conduits jusqu'ici, et puis, les gendarmes l'ont emmené.

MOUTIER

Mince de complication! Et pourquoi l'ont-ils emmené?

JACQUES

Je ne sais pas. Peut-être pour lui donner du pain. Il n'en avait plus.

MOUTIER

Plus de pain?...

JACQUES

J'étais dans le bois. Quand je suis revenu vers Paul qui pleurait, j'ai trouvé ce papier laissé par papa. (*Il lui donne le papier.*)

MOUTIER *après avoir lu.*

Bon sang de bois! C'est clair comme les ténèbres, cette histoire-là. Alors? Votre maison?

JACQUES

On a parti avec papa après la mort de maman. V'la trois jours qu'on marche.

MOUTIER

Votre nom?

JACQUES

Papa dit comme ça qu'il s'appelle Aubry.

MOUTIER, *à son chien.*

Dis donc, Capitaine, qu'est-ce que tu ferais, à ma place?

JACQUES

Il a l'air bien bon, votre chien. Il remue la queue.

ON DISAIT LA PRIÈRE DE MAMAN A LA SAINTE VIERGE

MOUTIER

Sais-tu, M'sieu Jacques, ce qu'il me répond dans son langage, ce bougre-là?

JACQUES

Non.

MOUTIER

Il me dit : installe le petit sur mon dos; prend le grand sur tes épaules, et filons!

JACQUES

Oh! Monsieur, vous voulez bien nous emmener d'ici?

MOUTIER

C'te question! Suis-je pas un zouzou, moi? Et Capitaine un chien de zouzou? Allez, hop! l'enfant Paul! à califourchon sur Capitaine. C'est lui qui le demande. Il rit le gosse! Il est content. Tiens-toi au collier. A l'autre maintenant.

JACQUES

Je peux marcher, je suis grand.

MOUTIER, *l'enlevant sur son épaule.*

Et comme ça? Es-tu plus grand que moi, clampin? Par file à droite, Capitaine, et attention au refrain du 1er zouaves!

Il part en chantant (1).

Le zouzou partage son pain
Avec le pauvre, avec le chien,
Leur donne à boire;
Mais par contre, il gronde en mordant :
C'est quand on veut lui prendre aux dents
Sa part de gloire!

Rideau.

DEUXIEME TABLEAU

Une place. L'auberge de l'Ange Gardien à droite. L'auberge Bournier à gauche. Moutier arrive, portant Jacques. Paul est endormi sur le chien. Bournier balaie devant sa porte.

SCENE I

MOUTIER, BOURNIER, JACQUES, PAUL.

MOUTIER

Enfin, les enfants, nous voici dans un village. Il s'agit de trouver un gîte.

JACQUES

On ne va pas coucher à la belle étoile?

MOUTIER

La belle étoile? Bon pour les rossignols! Je veux vous offrir un lit. (*Avisant Bournier.*) Eh! l'aubergiste! Y a-t-il du logement pour moi, ces mioches et mon chien?

(1) Voir p. 79.

MICHEL BOURNIER, *bourru.*

Je loge les hommes, mais pas les bêtes.

MOUTIER

Alors, vous n'aurez ni l'homme ni sa suite. (*Il se dirige vers la seconde auberge.*)

MICHEL BOURNIER, *à part.*

J'ai peut-être eu tort de le renvoyer. Cette satanée boutique en face va le loger. (*Haut criant.*) Hé, Monsieur! Monsieur le voyageur!

MOUTIER, *se retournant.*

Que me voulez-vous?

MICHEL BOURNIER

J'ai du logement, Monsieur, j'ai tout ce qu'il vous faut.

MOUTIER

Gardez-le pour vous, mon bonhomme. Le premier mot c'est tout pour moi.

MICHEL BOURNIER

Vous ne trouverez pas meilleure auberge dans tout le village.

MOUTIER

Tant mieux pour ceux que vous logerez.

MICHEL BOURNIER

Vous n'allez pas me faire l'affront de refuser le logement que je vous offre!

MOUTIER

Vous m'avez bien fait l'affront de refuser celui que je vous demandais!

MICHEL BOURNIER

Je ne vous avais pas regardé. J'ai parlé trop vite.

MOUTIER

Et moi aussi, je ne vous avais pas regardé. Maintenant que je vous vois, je vous remercie d'avoir parlé trop vite, et je vais ailleurs. (*Il lui tourne le dos et se dirige vers l'autre auberge.*)

MICHEL BOURNIER, *entre ses dents.*

Canaille... crapule. (*Il lui montre le poing et s'en va.*)

SCÈNE II

MOUTIER, JACQUES, PAUL *endormi*, Mme BLIDOT.

JACQUES, *regardant Bournier s'en aller.*

Oh! le vilain homme, monsieur Moutier!

MOUTIER

Tu parles! les singes sont plus gracieux... Voyons l'autre auberge! (*Il appelle.*) Holà! Quelqu'un!

Mme BLIDOT, *dans la coulisse.*

Voilà, voilà! (*Elle sort de sa maison.*)

MOUTIER

Hé, Madame. Y a-t-il du logement pour moi, mes deux mioches et mon chien?

Mme BLIDOT

Bien sûr, Monsieur! il y a de quoi loger tout le monde.

MOUTIER

Grand merci, Madame. Vous avez le cœur aussi joli que la mine!

Mme BLIDOT, *riant.*

Tous galants ces militaires. Arrivez, Monsieur, que je vous débarrasse de votre cavalier. (*Elle reçoit Jacques et le pose à terre.*) Et ce pauvre petit qui dort là, tranquillement, sur le dos du chien. Bel enfant et brave animal. Il ne bouge pas plus qu'un chien de plomb de peur d'éveiller le petit. (*Elle le prend et le pose sur une chaise.*)

MOUTIER

Le voilà qui ouvre les yeux. (*A Paul.*) Eh bien, vieux frère, as-tu bien dormi?

PAUL, *pleurant.*

Jacques! Veux Jacques!

JACQUES

Je suis ici. Me voilà mon Paul. Tu vas avoir de la soupe. N'est-ce pas, Monsieur Moutier?

MOUTIER

Certainement mon garçon! de la soupe et tout ce que tu voudras. (*Les deux enfants avisent des quilles et jouent sur le devant de la scène.*) (*A Mme Blidot.*) Vous n'y comprenez rien, ma bonne dame, pas vrai? C'est toute une histoire. J'ai trouvé ces deux pauvres petits perdus dans un bois. Plus de parents!

Mme BLIDOT, *apitoyée.*

C'est-il possible!

MOUTIER

Ils ont nom Jacques et Paul Aubry et je les ai amenés. Je vous raconterai cela.

Mme BLIDOT

Ils doivent avoir faim?

MOUTIER

Oui. Donnez vite de la soupe pour les petits, quelque fricot pour tous, et je me charge du chien. N'est-ce pas Capitaine?

Mme BLIDOT

Il fait beau. Attablez-vous devant la charmille. Le pot-au-feu est cuit. J'apporte la soupe pour commencer. Ma sœur Elfy va mettre le couvert! (*Elle appelle.*) Elfy! Elfy! (*Les enfants continuent à jouer aux quilles.*)

MOUTIER

N'appelez personne. Je vais vous aider à mettre le couvert. (*Il entre avec Mme Blidot dans l'auberge.*)

SCENE III

JACQUES, PAUL, ELFY

ELFY, *arrivant.*

Tu m'appelles, Hélène? (*Apercevant les enfants.*) Tiens, c'est sans doute pour ces convives-là. Ils sont gentils!

JACQUES, *à Elfy.*

Ce n'est pas mal, n'est-ce pas, Madame, ce que nous faisons Paul et moi? Vous n'êtes pas fâchée?

ELFY

Pas du tout, mon petit. Bien au contraire, je suis très contente que vous vous amusiez.

PAUL

C'est donc à vous, ça?

ELFY

Oui, c'est à moi.

PAUL

Non, moi crois pas. C'est pas à vous, c'est à la dame de la cuisine qui va donner du bon fricot. Moi veux pas qu'on lui prenne ses affaires!

ELFY

ELFY, *riant.*

Ha! ha! est-il drôle ce petit. Et comment m'empêcherais-tu de prendre ces quilles?

PAUL

Moi, prendrais un gros bâton, puis moi dirais à Jacques de m'aider à chasser vous... et voilà!

ELFY, *prenant Paul qu'elle embrasse.*

Tiens, tiens, gros chérubin! Je suis la sœur de la dame du bon fricot! C'est pour cela que ses affaires sont aussi les miennes.

JACQUES

Tant mieux! Vous avez l'air aussi bonne que la dame. L'ami Moutier va être content.

ELFY

Qui ça, Moutier?

ELFY, PRENANT PAUL QU'ELLE EMBRASSE

JACQUES, *voyant Moutier revenir avec Mme Blidot.*

C'ti là, tenez!

SCENE IV

MOUTIER, JACQUES, PAUL, Mme BLIDOT, ELFY

ELFY, *à Moutier.*

Vous avez là de charmants enfants, Monsieur.

MOUTIER, *une pile d'assiettes aux bras.*

Oui, Mademoiselle, et je regrette qu'ils ne soient pas les miens.

ELFY

Comment cela?

Mme BLIDOT, *posant sa soupière.*

On va t'expliquer. Mais débarrasse donc Monsieur de ses assiettes, Elfy!

MOUTIER, *se défendant.*

Pas la peine, Mademoiselle!

ELFY, *prenant les assiettes de force.*

Les hommes doivent se mêler de ce qui les regarde! (*Elle rit.*) Hein? je suis la plus forte!

MOUTIER

Mam'zelle, c'est par rapport que je ne voulais pas vous faire du mal. Mes gros doigts savent cueillir des fleurs, vous savez!

Mme BLIDOT, *installant les enfants.*

Asseyez-vous à côté des enfants, monsieur Moutier. Nous allons vous servir.

MOUTIER, *regardant Elfy et prenant la louche à potage.*

Oh! moi, je ne suis pas pressé, servons les gosses d'abord. (*Il se trompe et emplit un verre, les enfants rient.*)

ELFY, *lui prenant la louche.*

Qu'est-ce que vous faites, mon Dieu!

MOUTIER, *confus.*

J'ai versé la soupe dans le verre!

PAUL et JACQUES, *battant des mains.*

Dans le verre! dans le verre!

MOUTIER, *posant une assiette à terre.*

Pour me punir, je laperai dans l'assiette à terre, comme Capitaine, pas vrai, les gosses?

PAUL et JACQUES

Oui, oui!

ELFY

Je serais curieuse de voir ça!

MOUTIER, *se précipitant à genoux.*

Mamz'elle, vous ne m'y inviterez pas deux fois!

MADAME BLIDOT APPELA SA SOEUR, QUI LAVAIT SA LESSIVE

Mme BLIDOT, *relevant l'assiette.*

Elfy! (*A Moutier.*) Elle porte bien ses dix-sept ans! Monsieur Moutier, mangez avec les enfants.

MOUTIER, *regardant toujours Elfy.*

Si mamz'elle Elfy s'en occupe, je préfère causer.

ELFY, *rieuse.*

Je m'en occupe, Monsieur le Terre-Neuve.

Mme BLIDOT, *s'éloignant de la table avec Moutier.*)

Au fait, vous m'avez promis l'histoire.

MOUTIER

Voici : Je m'appelle Joseph Moutier. Permissionnaire de quinze jours. J'allais passer ce temps chez mon frère, à dix lieues d'ici, quand j'ai trouvé ces enfants dans la forêt. Ma bonne hôtesse, qu'est-ce que vous feriez à ma place?

Mme BLIDOT

Ce que je ferais, parole d'honneur, je n'en sais rien.

MOUTIER

Mais, ce n'est pas un conseil, cela!

Mme BLIDOT

Que voulez-vous que je vous dise? D'abord, je ne les laisserais pas vaguer à l'aventure.

MOUTIER

C'est bien ce que je me suis dit.

Mme BLIDOT

Je ne les donnerais pas au premier venu.

MOUTIER

C'est mon idée.

Mme BLIDOT

Je ne les emmènerais pas plus loin.

MOUTIER

Oui, certes!

Mme BLIDOT

Alors, un seul moyen... Mais vous ne voudrez pas.

MOUTIER

Dites toujours.

Mme BLIDOT

C'est de me les laisser.

MOUTIER, *ému.*

Ah!

Mme BLIDOT

Je savais bien que vous ne voudriez pas. Vous ne me connaissez pas.

MOUTIER, *hésitant.*

Bien que je ne vous connaisse pas beaucoup...

Mme BLIDOT

Dites que vous ne me connaissez pas du tout. Mais, prenez des informations sur la femme Blidot, aubergiste de l'*Ange Gardien.* Voyez le curé, le boucher, le boulanger. Ils vous diront que je ne suis pas une méchante femme. Je suis veuve. Il me manque des enfants. En voilà deux tout trouvés. Je les prends à mon compte.

MOUTIER, *serrant les mains de Mme Blidot.*

Merci. Où demeure votre curé?

Mme BLIDOT, *elle désigne un coin de la place.*

Voici le jardin du presbytère. Poussez la porte et vous y êtes. (*Il s'en va.*)

ELFY, *appelant*

Hé! Monsieur Moutier, vous partez sans manger?

MOUTIER

Tout à l'heure, tout à l'heure, Mamz'elle. Je ne partirais pas comme ça.

SCENE V

LES MÊMES MOINS MOUTIER.

ELFY, *à Mme Blidot.*

Où va-t-il?

Mme BLIDOT

Demander des renseignements sur nous.

ELFY

Comment ça?

Mme BLIDOT

Voilà : ces enfants, il les a trouvés. Je lui propose de les garder *gratis pro Deo*. N'es-tu pas de cet avis?

ELFY, *songeuse.*

Bien sûr. Alors... il part, lui?

Mme BLIDOT

Son métier militaire, pense donc... Il n'en a pas fini.

ELFY, *de même.*

C'est dommage! Sa figure me revient tout à fait.

JACQUES, *quittant la table.*

C'est vrai, Madame, qu'il va s'en aller, Monsieur Moutier?

Mme BLIDOT

Tu écoutais, petiot. Bon! que veux-tu! Il le faut bien, ses officiers le réclament. Il est soldat.

JACQUES, *attristé.*

Moi qui l'aimais déjà tant.

ELFY *l'attirant à elle.*

On l'aimera de loin, petit Jacques!

JACQUES

Je le voyais déjà comme un second papa.

Mme BLIDOT

Pauvre gosse!

ELFY, *à Jacques.*

Nous deux, Hélène, on sera vos petites mamans, en attendant qu'il revienne. Car il reviendra, j'y compte bien!

Mme BLIDOT

Elfy! pour les distraire, nous allons mettre des draps à leur lit. Ils nous aideront.

JACQUES, *vivement.*

Oui, oui! Moi avec Paul.

Mme BLIDOT

Venez donc! (*Elle emmène les enfants par la main.*)

ELFY, *s'attardant.*

Hélène, je vois Monsieur Moutier... Il parle au curé dans le jardin du presbytère.

Mme BLIDOT

Bien sûr! et après? Viens donc? Elfy!

ELFY, *avant de suivre sa sœur qui sort.*

Ça lui va joliment bien, l'uniforme!

SCENE VI

MOUTIER, le BOUCHER

MOUTIER, *à la cantonnade.*

Au revoir, Monsieur le curé. Tous mes respects? (*Il paraît.*) Tiens! plus personne. Elles sont rentrées. (*Apercevant le boucher portant un panier.*) Pardon, Monsieur, où habite le boucher, s'il vous plaît?

LE BOUCHER

S'il vous faut de la viande, je rentre chez moi dans cinq minutes, après avoir servi l'auberge.

MOUTIER, *se dandinant, gêné.*

Alors, c'est vous le boucher, faites excuse. Je ne suis pas un acheteur... Je viens pour une chose... pour une affaire.

LE BOUCHER, *inquiet à part.*

C'en est un de la police. (*Haut.*) Quoi donc? Qu'est-ce donc?

MOUTIER

Voilà, je voudrais avoir votre avis sur Mme Blidot, l'aubergiste.

LE BOUCHER, *se reculant, soupçonneux.*

Pourquoi faire? Avis sur quoi?

MOUTIER

Mais sur tout. J'ai besoin de savoir si on peut lui confier des enfants à garder. Si c'est une brave femme, une femme à rendre des enfants heureux, quoi!

LE BOUCHER, *respirant.*

Ah! ce n'est que ça? Pas besoin de mystère alors. Mon bon Monsieur, elle et sa sœur, c'est la crème du pays. C'est des perles! Voyez le curé. Il les connaît depuis leur naissance.

MOUTIER

Je viens de le voir. Il dit comme vous. Il me reste à voir le boulanger.

LE BOUCHER

Voyez-le; ça fera trois mêmes chansons. Vous permettez que j'entre déposer ma commande?

MOUTIER

Faites. Et pardon de l'indiscrétion.

LE BOUCHER

Pas d'indiscrétion. C'est plaisir pour moi de rendre un bon témoignage à Mme Blidot. (*Il entre dans l'auberge.*)

SCENE VII

MOUTIER, MICHEL BOURNIER. puis TORCHONNET

MOUTIER, *à lui-même se frottant les mains.*

Ça va, ça va! Par acquit de conscience, je vais demander encore à un voisin. (*Voyant Michel Bournier balayant son seuil.*) Tiens! l'autre aubergiste! C'est une idée. (*Il s'avance, Michel Bournier va à sa rencontre et ôte son bonnet.*)

MICHEL BOURNIER, *obséquieux.*

Entrez, Monsieur. Donnez-vous la peine d'entrer. Je suis tout à votre service.

MOUTIER, *devant l'auberge Bournier.*

Pas la peine. J'aime l'air du dehors. Dites-moi, Monsieur. Connaissez-vous Madame Blidot?

MICHEL BOURNIER, *remettant brusquement son bonnet.*

Pour ça non. Je ne fais pas société avec des gens de cette espèce.

MOUTIER

Elle est donc de la mauvaise espèce?

MICHEL BOURNIER

Une femme de rien! Elle et sa sœur, c'est des pies-grièches, des sottes, que ça se croit au-dessus de tout; qui vendent cinq sous ce que je donne pour quinze, rien que pour me faire des misères. Vous n'y êtes pas resté, en face. Vous avez bien fait. Chez nous, vous allez voir la différence. (*Appelant.*) Torchonnet? Ousque tu es, méchant polisson, animal, fainéant?

TORCHONNET, *paraissant, apeuré.*

Voilà, M'sieu, voilà!

MICHEL BOURNIER

Pourquoi que tu es ici, et pas à la cuisine? (*Ponctuant chaque mot par des* ce galopin. C'est pas pour ça que... (*Il lui prend le bras pour le retenir.*)

MOUTIER

Si, c'est pour ça! Je n'aime pas les brutes...

MICHEL BOURNIER, *menaçant.*

Vous dites? (*Il dresse les poings.*)

JE SUIS TOUT A VOTRE SERVICE

coups de pied.) Réponds. Réponds! Mais réponds donc!

TORCHONNET, *se débattant.*

Oh là là... Oh là là...

MICHEL BOURNIER

A la cuisine! et demande à ma femme un bon dîner pour Monsieur! Et vite... sans quoi! (*Torchonnet se sauve en geignant.*)

MOUTIER, *indigné.*

Assez! Je ne veux pas de votre dîner. Etant donné ce que vous êtes, vos renseignements sur Madame Blidot me suffisent. C'est à elle que je confierai le trésor que je cherche à placer.

MICHEL BOURNIER, *en colère d'abord, puis radouci au mot trésor.*

Ecoutez, Monsieur. Je plaisantais avec

MOUTIER, *se mettant en garde.*

Une séance de boxe? Qu'est-ce que tu vas prendre, mon gaillard?

MICHEL BOURNIER, *en garde; mais rompant à mesure que Moutier marche.*

Je vais t'en faire voir, attends, attends!

MOUTIER *à sa poursuite.*

Gare devant, gare derrière! (*Michel Bournier renverse une table, tombe, se relève précipitamment pour se remettre en garde et fuir.*)

MICHEL BOURNIER

Si je t'attrape, j'aurai ta peau, grand lâche! (*Il arrive à sa porte, et se retourne pour entrer.*)

MOUTIER

Gare au menton, gare aux fesses! (*Il lui envoie un coup de pied. Michel Bournier disparaît et referme sa porte. Moutier se tord.*) Ha! Ha! je n'ai jamais vu rompre si vite. (*Il se remet en garde et envoie un coup de poing dans la porte.*) Cordon, plaît... (*Il rit.*)

SCENE VIII

MOUTIER, ELFY.

ELFY, *arrivant derrière Moutier toujours en garde.*

Eh bien, Monsieur Moutier, vous boxez?

MOUTIER, *se redressant.*

Oui, Mamz'elle. Je m'exerçais. La boxe, ça assouplit un homme.

ELFY

Vous êtes assez souple sans cela!

MOUTIER

Je cueille le compliment et j'en fais orgueil, puisqu'il vient de vous.

ELFY

Ça vous enchante, le métier militaire?

MOUTIER

Moi, je vais vous dire. Si on se battait tout le temps, ce métier-là, ça serait le plus beau. On s'exalte, on vit double; on ne pense qu'à se distinguer. C'est plus fort que soi! On est Français ou on ne l'est pas.

ELFY

Je comprends! Si j'étais homme, je sens que je serais tout comme vous.

MOUTIER

Heureusement que vous êtes mieux que ça. Il ne faut pas changer.

ELFY, *coquette.*

Pourquoi?

MOUTIER

Ben, parce que ça serait dommage. J'aime bien regarder mes camarades, mais vous, c'est bien plus joli qu'un zouave!

ELFY

Vous n'en pensez pas un mot...

TORCHONNET

MOUTIER, *la main sur son cœur.*

Moi!

ELFY *rieuse, faisant le salut militaire.*

J'ai envie de me faire zouave. Qu'en dites-vous?

MOUTIER, *ravi.*

Ha! le beau conte de fées, si ça se pouvait! Je vous vois portant le drapeau!

SCENE IX

ELFY, MOUTIER, LE BOUCHER.

LE BOUCHER, *sortant avec son panier.*

Monsieur, Mamz'elle, bien le bonsoir.

ELFY

Ma sœur a vu la commande?

LE BOUCHER

Tout est en règle. Elle remonte coucher les enfants qui tombent de sommeil. Bien le bonsoir.

ELFY

Merci, et bonsoir, monsieur Dupont.

SCENE X

MOUTIER, ELFY.

MOUTIER, *au boucher qui s'en va.*

Bonsoir! (*à Elfy*) Ces enfants! Je vais les embrasser avant qu'ils s'endorment. (*Se ravisant.*) Et puis non! J'aime mieux les voir endormis. Ils seraient capables de pleurer, et moi aussi...

ELFY

Pourquoi ?

MOUTIER

Parce que ma décision est prise. Je sais maintenant que les enfants seront heureux avec vous et je pars dans un quart d'heure.

ELFY, *désappointée.*

Quoi, déjà ? Il va faire nuit, pensez donc!

MOUTIER

La lune va se lever. La nuit sera claire.

ELFY, *boudeuse.*

Je comprends! vous avez grand'hâte de nous quitter.

MOUTIER, *se récriant.*

Ah! je me raisonne, au contraire, Mamz'elle Elfy! Il faut que je m'arrache d'ici!

ELFY

Si cela vous coûte tant, restez!

MOUTIER

Oui, je resterais bien. Mais je ne m'appartiens pas. Je suis le prisonnier de mon uniforme! Mon frère m'attend au pays; je lui dois la durée de ma permission.

ELFY, *avec reproche.*

Et vous ne la partagez pas avec les enfants que vous avez sauvés : vous les quittez !

MOUTIER

Je quitte... je quitte... bien plus encore peut-être ! Non, ma décision est prise. Je dois être raisonnable. Je dois ligoter un peu mon cœur!

ELFY, *s'entraînant peu à peu.*

Est-ce qu'on ligote le cœur ? Le cœur, c'est tout en ce monde! C'est par le cœur que passent nos ravissements pour la belle nature créée par Dieu; par lui que nous tressaillons aux misères d'autrui; par lui que nous aimons les parents qui nous mirent au monde; et nos sœurs et nos frères, ceux du sang et ceux de l'affection cueillie, au hasard d'une rencontre...

MOUTIER, *troublé.*

Ah oui!

ELFY

Le sans cœur est-il heureux avec son caillou dans la poitrine ? Il voit passer, sans la comprendre, la charité qui donne, la troupe d'écoliers brassant des bouquets pour le mois de Marie; le chien qui suit son maître avec une extase dans le regard; le couple d'hirondelles nourrissant leur nichée. Ha! le cœur, Monsieur Moutier. Il est tout notre bonheur ici-bas. (*D'une autre voix.*) Quand il n'est pas notre peine...

MOUTIER, *tristement.*

Quand il n'est pas notre peine...

SCENE XI

LES MÊMES, Mme BLIDOT

Mme BLIDOT

Les enfants sont couchés. Ils dorment déjà comme des plombs. Montez donc les voir, Monsieur Moutier.

MOUTIER

Oh! oui, je monte les voir, les embrasser avant de partir... Ma bonne Madame Blidot, vous allez être leur seconde mère.

Mme BLIDOT, *joyeuse.*

Alors, c'est convenu ?

ELFY, *tristement.*

Il part! A cette heure, dans la nuit. Je n'ai pas pu le convaincre de rester.

Mme BLIDOT, *à Moutier.*

Comme c'est dommage! Enfin, vos affaires ne nous regardent pas. Vous savez où sont les enfants : première porte en face.

MOUTIER, *se dominant.*

Oui. Excusez-moi. Je monte, et puis je me sauve. (*Il entre dans l'auberge.*)

SCENE XII

ELFY, Mme BLIDOT

ELFY, *tristement.*

Il n'a seulement pas dîné.

Mme BLIDOT, *montrant une chaise.*

Son bissac est ici. Je vais chercher des provisions pour le remplir. (*Elle rentre.*)

ELFY, *à elle-même en examinant le bissac.*

Et moi? Que pourrai-je bien y mettre? Un porte-bonheur, quelque chose qui le ramène ici? (*Elle enlève une croix de corail qu'elle porte au cou.*) Cette petite croix toute simple, il la trouvera... il la reconnaîtra peut-être! Je l'embrassais tous les soirs en me couchant. (*Elle embrasse la croix et la met dans le bissac.*)

SCENE XII

ELFY, MOUTIER, Mme BLIDOT

MOUTIER, *paraissant.*

C'est fait! Je reviens pour... (*Voyant le geste d'Elfy.*) Mademoiselle Elfy! ne mettez rien dans mon bissac. Déjà votre sœur n'a pas voulu que je paye.

ELFY

Oh! Moi, ça ne compte pas. Ma sœur vous apporte un peu de solide puisque vous partez sans dîner.

Mme BLIDOT, *qui arrive sur ces mots.*

En fait de solide, c'est le repas frugal, le repas froid donné par vos amies. (*Elle bourre le bissac.*)

MOUTIER

Comment vous remercier! Je ne sais comment dire... Et puis, la gorge me serre. Il faut vite que je parte. Alors, les enfants, c'est entendu ? Je m'en irais heureux sans un souci... Allons! je m'attarde. En route, le soldat! Crâner devant l'ennemi, ça va! Crâner devant les femmes, rien de fait ! (*Il leur serre les mains.*) Adieu, Madame Blidot, adieu, Mademoiselle Elfy... Je penserai à tout le monde, Mam'zelle Elfy! (*Il prend son bissac et se sauve.*)

Mme BLIDOT

Au bon revoir, Monsieur Moutier! (*A Elfy.*) Tu ne lui cries pas au revoir à cet excellent homme? (*Voyant Elfy qui se détourne.*) Ben quoi, qu'est-ce que tu as ?

ELFY

Rien.

Mme BLIDOT

Je te dis que tu as quelque chose.

ELFY

Laisse-moi! je suis bien libre de pleurer quand ça me plaît. (*Elle se laisse tomber sur une chaise en cachant sa tête avec ses bras.*)

Mme BLIDOT, *s'approchant maternelle.*

Elfy... Ma petite Elfy!

RIDEAU

ACTE II

PREMIER TABLEAU

Devant l'auberge de l'Ange-Gardien, tables de jardin. Deux invalides de Crimée : Jean-Pierre, un bras en moins. Léon, un béquillard, arrivent pour s'asseoir, Jacques et Paul jardinent devant la maison tout en écoutant la conversation.

SCENE I

JEAN-PIERRE, LEON, JACQUES, PAUL *puis* ELFY

JEAN-PIERRE, *à Léon.*

Tu saurais pas pourquoi les Bournier ont fermé leur boîte depuis deux jours?

LÉON

Des réparations, à ce qu'on dit. Mais on ne voit pas les maçons.

JEAN-PIERRE

Ces frères Michel et Alcide avec la femme Bournier, j'ai jamais pu les gober! C'est faux, c'est sournois, tandis qu'ici... (*A Elfy qui paraît.*) Mam'zelle Elfy! On vient prendre un verre! (*A Léon.*) Qu'est-ce que tu prends ?
(*Elfy s'arrête devant eux.*)

LÉON, *après avoir salué.*

Un café. Non! Un vin blanc... et puis, non! Pas de vin blanc.

ELFY

Dites votre goût, Monsieur Léon.

LÉON

Je prendrais bien l'un ou l'autre; mais ma sacrée blessure me le défend.

JEAN-PIERRE

Moi, je prendrai les deux à sa place, Mam'zelle Elfy! Servez-lui un seau d'eau. (*Les enfants rient aux éclats.*)

ELFY

Vous êtes sans pitié pour les héros, vous! Et pourtant vous en êtes un. (*A Léon*) Soyez tranquille, père Léon, je sais ce qu'il vous faut : un bon lait chaud, bien sucré. (*A Jean-Pierre.*) Hou! le vilain... je ne vous aime plus.

JEAN-PIERRE

Fâchez pas, Mam'zelle. Vous savez bien qu'on blague en se disputant, preuve que c'est grâce à moi qu'il n'est pas mort en Crimée, ce bougre-là!

JACQUES, *accourant.*

Tante Elfy! vous permettez que je les serve?

PAUL

Non, c'est moi!

ELFY

Partagez-vous la besogne, et pas de casse, surtout !

PAUL

Non, non!

JACQUES, *courant, suivi de Paul qui répète.*

Un vin blanc, un café et un lait chaud à l'as!

LÉON, *rangeant ses béquilles.*

Ah! c'te guerre! On n'en verra jamais d'aussi terrible! Nous deux, on a écopé dès le début, et ça dure encore.

ELFY

La paix est dans l'air, heureusement.

LÉON, *regardant en l'air.*

Dans l'air? Je la vois pas!

ELFY

Dites-moi, vous n'avez pas vu là-bas le 1er zouaves?

JEAN-PIERRE

Le 1er zouaves? Sûr que si! Il arrivait tout chantant, la fleur au bec, comme on nous portait à l'ambulance.

ELFY

Je vous demande ça à cause d'un zouave nommé Moutier Joseph.

LÉON

Moutier, vous dites? J'ai connu un Mortier, un artilleur...

ELFY

C'est pas ça du tout! Décidément, je ne saurai jamais rien sur lui... (*Elle s'éloigne et ratisse la devanture.*)

SCENE II

LES MEMES, Mme BLIDOT *suivant les deux enfants portant les consommations.*

Mme BLIDOT, *un sucrier à la main.*

Messieurs, voici vos consommations. Voici le sucrier. Vous avez bien tout ?

PAUL, *s'enfuyant.*

Manque quéque chose!

JEAN-PIERRE

Qu'est-ce qu'il raconte, le gosse ? Il ne manque rien. Café, vin, lait, sucre...

PAUL, *accourant avec un seau d'eau qu'il porte avec Jacques.*

Le seau d'eau demandé !

JEAN-PIERRE, *riant.*

Ha! Ha! Bravo, gamin! Léon, attrape ta consommation!

LÉON, *levant une béquille.*

Veux-tu te sauver, clampin!

(*Paul rit sur place.*)

Mme BLIDOT

Excusez! C'est la petite malice de l'âge.

LÉON

Allons, les gosses, venez faire la paix avec des morceaux de sucre. (*Les deux invalides choyent les enfants.*)

Mme BLIDOT, *allant à Elfy.*

Tu as entendu? Quel petit farceur! Je n'ai pas eu le courage de le gronder.

ELFY

Bien sûr? les enfants jouent... ils oublient...

Mme Blidot

Ma pauvre Elfy, tu penses encore à Joseph Moutier... Il faut te distraire... A quoi bon converser avec les morts ?

Elfy, *posant son râteau.*

Je ne peux pas me figurer qu'il est tué.

Mme Blidot

Songe donc, c'est au cours de sa permission, il y a deux ans, que les troupes ont été appelées en Crimée. Il n'a même pas eu le temps de nous écrire! Il a dû se battre, et quand les zouaves se battent!...

Elfy

Que veux-tu, mon cœur est parti avec lui. Je n'en aimerai jamais un autre.

Mme Blidot, *avec doute.*

Oh!

Elfy

Mais oui! Je ne peux pas détacher ma pensée de lui. Tu te rappelles son regard si franc, la noblesse de son âme! Enfin, si ces enfants sont à nous, c'est à lui que nous le devons.

Mme Blidot

C'est vrai! Ce qu'ils sont gentils ces petits. Regarde-les avec nos invalides. Tout le monde les aime.

Jacques, *appelant.*

Tante Elfy! Monsieur Jean-Pierre qui se souvient de la chanson de marche du 1er zouaves, celle de Moutier!

Elfy

Hélas!

Jean-Pierre

C'est-à-dire que je me rappelle bien le refrain. Mais les paroles...

Jacques, *à Jean-Pierre.*

Dites toujours. Moi, je me souviens bien un peu; c'est dans la forêt qu'il a chanté ça, monsieur Moutier, quand nous étions perdus, Paul et moi; ça commence par « un zouzou ».

Paul, *vivement.*

C'est pas vrai.

Jacques

Si c'est vrai!

Paul

Non, c'est pas vrai. C'est pas *un* zouzou.

Jacques

Si c'est vrai. D'abord, tu ne te souviens pas, tu étais trop petit.

Paul, *brandissant une béquille.*

Répète un peu pour voir! Je dis c'est *le* zouzou, et pas *un* zouzou.

Jean-Pierre, *à Paul.*

Tu as raison. Je vais essayer.

Elfy, *à Mme Blidot.*

Dieu! Que ces souvenirs me font mal!

Jean-Pierre, *fredonnant.*

Le zouzou, c'est un brave soldat
Ta ta ta... Ta ta ta ta...

Jacques, *vivement.*

C'est pas un « brave » soldat, c'est un « rude » soldat! tenez... (*Il fredonne à son tour.*)
Le zouzou, c'est un rude soldat!...
(*Il se répète.*) Voilà! J'en sais pas plus long que vous, maintenant.

Léon

Il faudrait un zouave pour vous la rappeler cette marche! (*Voix forte dans la coulisse.*)

Le zouzou est un rud' soldat
Brutal au feu, tigre au combat
Vive la France !
Mais les femmes, les enfants encor
Trouv' que l' zouzou loge un cœur d'or
Sous sa garance !

(Aux premiers mots du refrain, tous se sont immobilisés. Elfy comprime les battements de son cœur, prête à s'élancer. Aux derniers mots, elle court vers le fond, juste pour tomber dans les bras de Moutier.)

SCENE III

LES MEMES, MOUTIER

ELFY

C'est lui, lui!

JACQUES et PAUL

Monsieur Moutier, monsieur Moutier! C'est lui, c'est lui! C'est lui!

MOUTIER, *embrassant Jacques et Paul.*

Oui, moi, chers enfants, chère Elfy! Ah! Madame Blidot! Laissez-moi vous embrasser aussi. Je suis fou de joie!

Mme BLIDOT

Quel miracle! On vous croyait tué.

ELFY

Je ne l'ai jamais cru, moi!

MOUTIER

Pouvais-je mourir avec ce talisman de corail! *(Il montre une petite croix.)*

ELFY

Ma croix!

JEAN-PIERRE, *montrant la Légion d'honneur de Moutier.*

Une croix, plus une croix, ça fait deux croix, sergent!

JACQUES, *admiratif.*

Vous êtes sergent ?

MOUTIER

Sergent, et décoré, oui. Mais cette croix de corail, c'est la première en date, la croix qui m'a fiancé tacitement avec l'Ange Gardien que voici. *(Il montre Elfy.)*

ELFY, *embrassant sa sœur.*

Hélène! que je suis heureuse!

Mme BLIDOT, *riant.*

Eh là! Eh là! Vous auriez pu me consulter tous deux.

MOUTIER

Madame Blidot, je prévoyais la guerre; je n'avais pas le droit d'engager l'avenir de votre sœur. Aujourd'hui, à la veille de la paix qui va me libérer, je reprends l'espoir de lui plaire!

LÉON, *s'avançant.*

Sergent! Vous êtes arrivé incognito. Dans un quart d'heure, le village va vous acclamer, j'y cours!

JEAN-PIERRE

Pensez, s'il va courir, le béquillard!

MOUTIER

Merci, les camarades! Mais, pas d'histoires; j'aime autant pas!

LÉON, *sortant, suivi de Jean-Pierre.*

Oui, oui, on sait! *(Ils disparaissent en chantant le « zouzou ».)*

SCENE IV

LES MEMES, *moins* LES INVALIDES

MOUTIER, *aux femmes qui s'asseyent.*

Maintenant, qu'on est entre nous, racontez-moi un peu votre vie.

Mme BLIDOT

Notre vie? Le calme...

ELFY

L'attente...

JACQUES

On a grandi!

PAUL

On a joué!

MOUTIER

Histoire de l'*Ange Gardien*, en quatre volumes! Je n'ai pas besoin d'autres

ON S'EST BATTU COMME DES LIONS

détails. Quatre paires d'yeux sont bien plus expressifs qu'un long récit!

Mme BLIDOT

Mais vous, monsieur Moutier?

JACQUES et PAUL

Oh oui! Racontez.

MOUTIER

A mon tour donc. Départ! Assaut! Blessures! Retour! Etes-vous satisfaits tous?

ELFY, *le menaçant du doigt.*

Oh! méchant! croyez-vous que je vais vous permettre. Je veux des détails, moi!

MOUTIER, *à Mme Blidot.*

Bigre! L'autorité a parlé, j'obtempère. (*Il s'assied.*)

Mme BLIDOT

D'abord, pourquoi n'avoir pas écrit?

ELFY

Ou chargé un camarade de nous voir?

JACQUES

Vous pouviez demander une permission!

MOUTIER

Paul! Vite une sonnette! Ces parlementaires sont terribles.

ELFY

Laissez Paul tranquille et répondez!

MOUTIER, *se levant un instant pour saluer.*

Mon officier, je réponds! Primo, pour écrire, j'ai écrit de là-bas. Ma lettre a dû faire naufrage. Deuxio : tous les camarades éclopés ont été rapatriés en Algérie. Troisio : des permissions en Crimée? Macache! mon Jacquot. Jamais ça ne s'est vu!

ELFY

Mais, vos campagnes?

JACQUES

Vos blessures?

Mme BLIDOT

Vos faits d'armes ?

MOUTIER

Faits principaux. Au débarqué à Gallipoli, le choléra. Pensez si je me suis défendu! A peine réchappé, descente en Crimée, bataille de l'Alma. Sans vanité, on s'est tous battus comme des lions, les Russes comme nous. Seulement, nous, on tapait plus fort!

MONSIEUR MOUTIER, MONSIEUR MOUTIER,
C'EST LUI, C'EST LUI, C'EST LUI !

PAUL, *riant.*

Ha! ha! ha!

MOUTIER

Ça te fait rire, gamin! Plus tard, tu pourras taper aussi le plus fort. Mais, ce n'est pas tout. On a grimpé des rochers à pic sous une grêle de balles...

PAUL

Ça tombe comment, la grêle de balles?

MOUTIER

Comme quand tu arroses! Ah! les pauvres Russes! En nous voyant escalader les rochers, la panique les a pris; leur général Mentchicoff a été entraîné dans la déroute.

JACQUES, *scandalisé.*

Un général ?

MOUTIER, *à Jacques.*

Bon! Mettons que tu es le général, et Paul les Russes. Qu'est-ce que tu dis?

JACQUES, *à Paul en croisant les bras.*

Pourquoi que tu fuis, indigne soldat?

PAUL, *se campant.*

Moi, je fuis pas du tout. J' t'attends!

JACQUES

Fuis, je te dis, pour que je te parle...

PAUL

Tu vas voir si je fuis. (*Il empoigne le râteau d'Elfy.*)

Je vais te taper dessus. (*Il le poursuit.*)

JACQUES

Tape pas, idiot! C'est moi ton général.

MOUTIER, *intervenant.*

Bravo, Paul! (*A Jacques.*) Le général ne criera rien.

JACQUES

Si! il doit crier : En avant!

MOUTIER

Juste! il a crié ça. Mais comme il criait dans le dos des fuyards, ils ont compris : courez plus vite !

C'ETAIT A MALAKOFF

Mme BLIDOT, *riant.*

Comme il arrange ça!

MOUTIER

Je blague, mais les faits sont là. Enfin, passons!

ELFY

Mais non ne passez pas! Vous allez comme un trait! Vos blessures?

MOUTIER

C'était à Malakoff où mourut « Capitaine ». Chaque soldat avec son bâton de maréchal dans sa giberne...

PAUL

Ils tapaient avec des bâtons de maréchal ? (*Moutier rit.*)

Mme BLIDOT

Mais non, mon Paulot, c'est une façon de dire qu'on est vaillant!

MOUTIER

Bref! C'est là que ça s'est passé, en rapportant un drapeau et un général.

ELFY

Un général ?

MOUTIER

Oui. Un pauvre vieux général russe blessé. En le rapportant dans le drapeau que j'avais pris, première balle dans le bras. Ce n'était rien...

ELFY

Rien!

MOUTIER

Lorsqu'une autre balle me traversa le corps. Pour le coup, je suis tombé. Nous étions frits.

Mme BLIDOT

Et après ?

MOUTIER

Je ne sais ce qu'a dit le général Dourakine quand il a pu parler, toujours est-il que j'ai eu la Croix et la Citation à l'ordre du jour.

ELFY

Je suis fière!

PAUL, *à Mme Blidot.*

Maman Hélène, j'ai faim.

ELFY

Et votre médaille militaire, vos galons de sergent?

MOUTIER

Bah! je vous conterai cela une autre fois. Paul a faim.

Mme BLIDOT

Alors, votre général blessé ?

MOUTIER

Revenu avec moi en France, prisonnier sur parole. On lui a prescrit les eaux de Bagnoles, dans ce département. Comme il est riche, il y vient par étapes : berline, cocher, tout le tremblement! S'il passait par ici, cela ne m'étonnerait qu'à moitié. Je lui ai parlé de vous tous!

PAUL, *insistant.*

Maman Hélène, j'ai faim.

Mme BLIDOT

Et vous aussi, monsieur Moutier, vous devez avoir faim. Vite Elfy! à la besogne. Nous allons dîner dehors.

MOUTIER

Je vais mettre le couvert, comme autrefois.

ELFY, *rieuse.*

En versant la soupe dans les verres.

MOUTIER, *riant.*

Ah! oui.

Mme BLIDOT

Jacques ! Vite une brioche chez le boulanger! Paul! du cerfeuil pour la salade. (*Les enfants exécutent l'ordre.*)

MOUTIER

C'est moi qui paye la brioche!

ELFY, *contraignant Moutier.*

Vous, asseyez-vous ici, et ne parlez plus de payer! (*Elle entre avec Mme Blidot dans l'auberge.*)

SCENE V

MOUTIER, PAUL *qui cueille du cerfeuil, puis* JACQUES

MOUTIER, *suivant Elfy des yeux.*

Quel arc-en-ciel C'est trop de bonheur à la fois. (*A Paul.*) Dis donc, Paul? Que devient le pauvre Torchonnet?

PAUL

Jacques et moi, on lui porte du fricot quand il a faim. Il a toujours faim!

MOUTIER

Son maître? Toujours brutal?

PAUL

Il a voulu me gifler, une fois.

MOUTIER, *se dressant.*

Te gifler! Qu'il y vienne donc!

JACQUES, *accourant.*

Monsieur Moutier. Ce pauvre Torchonnet! Il a un sac trop lourd. Voulez-vous m'aider à le porter.

MOUTIER

Bien sûr.

JACQUES

Je donne d'abord la brioche à maman Hélène.

PAUL

Et moi le cerfeuil. (*Ils s'en vont en courant.*)

SCENE VI

MOUTIER, TORCHONNET

MOUTIER, *regardant la coulisse.*

Torchonnet? Je le reconnaîtrais à première vue. (*Torchonnet paraît barbouillé de suie.*) En attendant, voici un camarade. (*Il l'interpelle.*) As-tu vu Torchonnet?

TORCHONNET, *interloqué, mâchonnant une pomme.*

Hein?

MOUTIER

Ton camarade, où est-il?

TORCHONNET

Je suis là.

MOUTIER

Oui! toi, je te vois bien; tu es le nègre.

TORCHONNET

Non!

MOUTIER

Ça, mon vieux! Ne te fiche pas de moi. J'ai des yeux pour distinguer un nègre.

TORCHONNET

Non.

MOUTIER

Suffit, le Négro... Où est Torchonnet?

TORCHONNET

Ici, que je vous dis.

MOUTIER, *parcourant la scène suivi de Torchonnet.*

Ici, où?

SCENE VII

LES MEMES, JACQUES ET PAUL

JACQUES, *accourant.*

Torchonnet, on va t'aider.

MOUTIER, *surpris.*

Torchonnet s'est fait nègre?

PAUL

Ha! ha!

JACQUES

C'est son sac à charbon qui a déteint!

MOUTIER

Ben! Quand il se poudre, c'est pour de bon! (*A Torchonnet.*) Où est ton sac, Monsieur du Congo?

TORCHONNET, *indiquant le fond.*

Là!

MOUTIER

Toujours aussi aimable, ton maître?

TORCHONNET

J'ai des coups de lui plein le corps.

faisait nuit, mais nous l'avons entendu commander. Il avait une grosse voix.

MOUTIER, *à Torchonnet.*

Toi, tu l'as vu, Torchonnet?

TORCHONNET, *sournois.*

J'sais pas, j'sais rien.

MOUTIER

On t'a défendu de parler? Réponds, mais réponds donc!

PAR LE SOUPIRAIL, ICI, DEVANT L'AUBERGE

MOUTIER

Tu regardes s'il arrive?

TORCHONNET

Oui.

PAUL, *intervenant.*

Seulement, il est parti d'hier matin avec son frère et le cocher dans la belle voiture du Monsieur! Je l'ai vu.

TORCHONNET, *inquiet.*

Pourquoi que tu dis ça? Tu me feras battre!

MOUTIER, *intéressé.*

Quel Monsieur, Paul? Tu l'as vu?

JACQUES

Non, il ne l'a pas vu. J'étais avec lui avant-hier soir quand il est arrivé. Il

TORCHONNET, *peureux.*

N'me battez pas!

JACQUES

Ce qui est drôle, c'est que ce Monsieur n'est pas sorti une fois de l'auberge. Pas vrai, Torchonnet?

TORCHONNET

J'sais pas. J'sais rien. Des fois qu'y serait parti...

MOUTIER, *à Jacques.*

Laisse! Il a une consigne, c'est évident. Cette histoire-là me tracasse! (*A Torchonnet.*) Où faut-il porter ton charbon?

TORCHONNET, *montrant le soupirail.*

Par le soupirail, ici, devant l'auberge.

ON LUI PORTE DU FRICOT

MOUTIER

Mais tu te souviendras du service que je te rends?

TORCHONNET

Oui.

MOUTIER, *à Paul.*

Paul, reste ici! Jacques, viens avec moi.

SCENE VIII

PAUL *seul, puis* ELFY *et* Mme BLIDOT.

PAUL, *appelant.*

Maman Hélène!

Mme BLIDOT, *sortant, suivie d'Elfy.*

Comment, tu es seul?

ELFY

Où est Moutier?

PAUL

Avec Jacques, à porter le charbon de Torchonnet.

Mme BLIDOT, *à Elfy.*

Toujours complaisant, il n'a pas changé? Mettons vite le couvert, veux-tu?

ELFY

Oui, dépêchons-nous pour qu'il n'ait plus qu'à s'asseoir. Allons, Paul, les chaises!

Mme BLIDOT

Mets les assiettes. Je cherche le cidre bouché. (*Elle sort.*)

PAUL

J'en aurai, tante Elfy, du cidre bouché?

ELFY, *heureuse.*

Mais oui, mon chéri! Ce soir, c'est la grande fête.

PAUL

Comme vous riez, tante Elfy!

ELFY

Je suis heureuse, mon Paul! Je suis légère comme un nuage! Dansons! (*Elle danse une ronde en chantant avec Paul qui rit.*)

« Nous n'irons plus au bois. »

Mme BLIDOT, *revenant.*

Eh bien, eh bien, Elfy? Tu n'es pas folle! Pirouetter au lieu de mettre le couvert?

ELFY

Gronde pas! Je ne le ferai plus. Il ne reste que les verres à mettre. (*Moutier revient avec Jacques.*)

SCENE IX

LES MEMES, MOUTIER, JACQUES

Mme BLIDOT

A table, monsieur Moutier. Nous allons dîner aux lumières. Que faisiez-vous donc avec Torchonnet?

MOUTIER, *sérieux.*

Oh! peu de chose. Un simple coup de main. (*Mme Blidot sort.*)

ELFY, *à Moutier.*

Et cela vous a enlevé votre gaîté, je crois?

MOUTIER

Moi, je... Qu'est-ce que vous supposez là, Mam'zelle la Malice? Je suis trop heureux de vous voir pour... (*Il regarde du côté de la place.*)

ELFY

...Pour mieux aimer regarder d'un autre côté. Est-ce vrai, Monsieur le Sergent distrait?

MOUTIER

Vous voyez tout, mais vous m'accusez à tort!

ELFY, *voyant arriver sa sœur avec la soupière.*

Asseyez-vous. Voici votre place.

MOUTIER

Ça ne vous ferait rien que je me mette en face.

ELFY

Pour regarder encore dans la rue?

MOUTIER

Vous serez en face de moi!

Mme BLIDOT

Pas de cérémonies, vous savez! Je sers. (*A Moutier.*) Votre assiette, Monsieur Moutier? (*Moutier distrait tend la cruche de cidre. Jacques et Paul éclatent de rire.*)

MOUTIER

Quoi?

ELFY

L'assiette que vous tenez à la main!

JACQUES et PAUL

La cruche! la cruche!

MOUTIER, *riant.*

La cruche, c'est moi! (*Il s'assied.*)

ELFY

Voilà ce que c'est que d'être distrait.

PAUL

Après souper, mon bon ami Moutier fera voler mon cerf-volant!

Mme BLIDOT

La nuit?

ELFY

Tu rêves, Paul! (*A Moutier.*) Vous l'entendez, Monsieur Moutier?

MOUTIER, *distrait.*

J'entends.

ELFY

Vous n'entendez rien du tout... Vous examinez...

JACQUES, *prenant vivement le bras de Moutier.*

Les v'la, tenez!

MOUTIER, *debout à Jacques.*

Ce sont eux?

Mme BLIDOT

Qu'est-ce que c'est?

ELFY, *suivant le regard de Moutier.*

Les frères Bournier qui rentrent!... Mais asseyez-vous donc, Monsieur Moutier. C'est nos voisins, c'est pas des bandits.

MOUTIER, *lentement.*

En êtes-vous bien sûre? (*Mouvement d'étonnement des femmes.*)

RIDEAU

DEUXIEME TABLEAU

Devant l'auberge de l'Ange Gardien, les femmes desservent. Moutier fume sa pipe en se promenant de long en large. Paul dort, la tête sur la table. Une seule lumière éclaire la nappe.

SCENE I

Mme BLIDOT, ELFY, JACQUES, PAUL

Mme BLIDOT, *emportant la vaisselle dans l'auberge.*

Elfy, emporte donc Paul pour le coucher!

MOUTIER

Il dort sur la table.

ELFY, *prenant Paul.*

Allons, gros endormi. Houp là!

JACQUES, *vivement.*

Prenez garde, tante Elfy!

ELFY

Quoi?

JACQUES

La queue de son cerf-volant qu'il tient! (*L'accessoire renverse deux chaises.*)

MOUTIER

Patatras!

PAUL, *se réveillant.*

Mon cerf-volant, ma ficelle!

ELFY

Tu ne vas pas coucher avec!

PAUL

Je veux coucher avec! Je veux coucher avec!

MOUTIER

Dessus ou dessous!

PAUL

Je veux coucher avec!

JACQUES

Il sera joli demain, ton cerf-volant!

PAUL

Je veux mon cerf-volant!

JACQUES

Tu l'as, ne crie pas!

MOUTIER

Tante Elfy, vous perdez la partie. Le cerf-volant gagne!

ELFY, *à Paul.*

Tu sais, je vais te mordre à la fin! (*A Jacques.*) Jacques, vite suis-moi!

JACQUES

Encore une minute, tante Elfy avec mon bon ami Moutier!

ELFY

Une minute, pas plus. (*Elle part avec Paul et accroche encore des chaises.*)

SCENE II

LES MEMES, moins ELFY et PAUL

JACQUES

Quelle idée de coucher avec son cerf-volant! Vous êtes toujours préoccupé, Monsieur Moutier? Vous regardez tout le temps en face.

MOUTIER

Tu sais que la minute s'écoule. Va rejoindre Paul.

JACQUES

Je ne veux pas vous laisser seul. J'ai une espèce de peur pour vous.

MOUTIER

Pour moi? A cause de quoi? Non, je te remercie, je n'ai besoin de personne, et rien ne me menace d'ailleurs. Va te coucher.

JACQUES

Je ne vous quitterai pas, mon bon ami. C'est pour l'étranger que vous craignez? Je reste pour vous venir en aide.

MOUTIER

Au lieu de m'aider, tu me gênerais, mon garçon.

JACQUES

Vous voyez bien. Il y a quelque chose...

MOUTIER, *brusque.*

Va-t'en, je le veux. Entends-tu : je te l'ordonne. (*Radouci.*) Va, mon petit Jacques, et merci! Embrasse ton vieil ami... (*Il l'embrasse.*) Maintenant, va! (*Jacques s'en va au moment où Mme Blidot revient pour enlever la nappe.*)

SCENE III

MOUTIER, Mme BLIDOT.

Mme BLIDOT

Voulez-vous m'aider à plier la nappe, Monsieur Moutier?

MOUTIER

Volontiers.

Mme BLIDOT, *pliant la nappe aidée par Moutier.*

Quelle belle soirée!

MOUTIER

Certes! Cela donne envie de passer la nuit dehors.

Mme BLIDOT

Vous attendriez minuit dehors?

MOUTIER

Je n'ai pas sommeil. Pourquoi me coucherais-je quand la lune va se lever?

Mme BLIDOT

Oh! la lune, c'est une noctambule...

MOUTIER

Ben, nous ferons deux noctambules, à nous deux. Vous permettez que j'aille à ma chambre. Deux objets dangereux pour les enfants.

Mme BLIDOT

Quoi donc?

MOUTIER

Un grand pistolet et un poignard.

Mme BLIDOT

En effet, c'est dangereux. Mais, prenez surtout votre oreiller. Vous attendrez la lune dans ce fauteuil d'osier.

MOUTIER

En fumant une bonne pipe, oui! (*Moutier entre dans l'auberge.*)

SCENE IV

Mme BLIDOT *seule, puis le* PERE JOUAN *dans la coulisse.*

(*Sitôt Moutier disparu, il frappe derrière l'auberge de Bournier.*)

Mme BLIDOT, *à elle-même.*

Qui donc fait ce bruit-là? C'est chez les Bournier.

LE PÈRE JOUAN, *dans la coulisse.*

Je veux boire un verre!

Mme BLIDOT

C'est le père Jouan, je reconnais sa voix. Il est ivre. Pourvu qu'il ne vienne pas de ce côté. (*Elle souffle la lumière.*) Non, le voilà qui repart. On ne lui a pas ouvert. Triste race que ces ivrognes! (*Moutier paraît.*)

SCENE V

Mme BLIDOT, MOUTIER, *puis* ELFY

MOUTIER

Déjà soufflé la lumière, Madame Blidot?

Mme BLIDOT

Oui, rapport à un ivrogne qui passait, je ne voulais pas l'attirer ici.

MOUTIER

J'aurais bien su vous en débarrasser, allez!

Mme BLIDOT

Enfin, c'est fait. Bonne nuit, Monsieur Moutier. Je laisse la porte ouverte pour quand il vous plaira de rentrer. C'est toi, Elfy?

ELFY, *arrivant.*

C'est moi. Pourquoi M. Moutier ne veut-il pas rentrer se coucher?

Mme Blidot

Histoire de lune. Demande-le-lui. Je monte. (*Elle s'en va.*)

Moutier

Bonsoir, Madame Blidot, et bonsoir à vous, chère Elfy... Allez dormir, vous aussi.

Elfy

Vous me chassez?

Moutier

Ah! certes non.

Elfy

Qu'est-ce que Jacques me raconte tout de suite? Il est inquiet pour vous?

Moutier

Enfantillage! Asseyez-vous un instant avant de remonter. Elfy, chère Elfy! Vous permettez que je continue de vous appeler ainsi? (*Il s'assied à côté d'elle.*)

Elfy

Oui, si vous me permettez à mon tour de vous appeler par votre prénom.

Moutier

Ainsi donc, c'est convenu. Vous consentez à nos fiançailles?

Elfy

Il le faut bien, puisque vous l'avez proclamé devant tout le monde!

Moutier *se levant, il gesticule en marchant devant Elfy assise.*

J'ai dit ce qui éclatait dans tout mon être! Cri de délivrance, cri de triomphe en vous apercevant enfin, après deux ans d'absence, après deux ans pendant lesquels votre nom sautait devant mes yeux à chaque instant du jour!

Elfy, *en extase.*

Parlez encore, encore, mon ami...

Moutier

Les camarades me disaient : tu ne crains rien, la mort se sauve devant toi. Ah! c'est vrai, je ne la craignais pas! Est-ce du courage de se battre ainsi en pleine espérance? (*Prenant sa croix de corail.*) Elfy, Elfy! ce talisman, cette croix si chère, c'était ma force! (*Il s'assied.*) Oh! comme je voudrais voir vos yeux en ce moment!

Elfy

Mes yeux, Joseph? Ils reflètent toutes les étoiles du ciel. Mes yeux disent mon extase, mes yeux se baignent dans le présent attendu... Mes yeux sont dans le passé aussi, ce passé si grave et si doux d'il y a deux ans! Mes yeux sont pleins d'une vision sans pareille. Mes yeux expriment tout cela, mon ami! Et c'est parce qu'il fait nuit et que vous ne pouvez les voir, mes yeux! que j'ose vous dire : je vous aime!

Moutier, *à genoux devant elle.*

Elfy! Mon Elfy!

Elfy, *ses mains dans celles de Moutier.*

Vous souvenez-vous de notre entretien ici même, il y a deux ans? Je ne vous connaissais pas depuis une heure que déjà j'étais fixée sur nos destinées communes.

Moutier

Ma douce Elfy! Il n'est pas de mots pour exprimer ce que je ressens. Nous nous sommes devinés dès la première seconde. (*On entend du bruit dans l'hôtel Bournier. Moutier se lève d'un bond.*)

Elfy, *effrayée, se levant aussi.*

Qu'y a-t-il? Qu'arrive-t-il?

Moutier

Elfy! chère Elfy, rentrez chez vous, rentrez!...

ELFY

Il y a quelque chose? Un danger, parlez vite!

MOUTIER

S'il y a danger, je vous appellerai. J'ai mes raisons pour être seul. Je vous en prie, de grâce, rentrez!

PERSONNE, PAS DE BRUIT, DEPECHONS-NOUS, ALORS !

ELFY, *hésitant.*

Joseph!

MOUTIER, *lui prenant la main.*

Au nom de notre amour, Elfy!

ELFY, *serrant ses mains.*

Soit!

(*Elle rentre.*)

SCENE VI

MOUTIER, TORCHONNET *dans la cave* MICHEL *et* ALCIDE BOURNIER

(*Sitôt Elfy rentrée, Moutier va prestement prendre un fauteuil d'osier et le porte au milieu de la scène. Avant de se cacher derrière ce fauteuil, il examine ostensiblement l'amorce d'un long pistolet qu'il passe à sa ceinture ainsi qu'un couteau algérien. A ce moment, il s'entend appeler à voix basse.*)

TORCHONNET, *invisible.*

M'sieu Moutier, M'sieu Moutier?

MOUTIER, *s'avançant, à mi-voix.*

Quoi? Qui parle? Où ça?

TORCHONNET

Approchez! Au soupirail de la cave.

MOUTIER, *y allant.*

Toi, Torchonnet? Alors?

TORCHONNET

Pour le cocher du voyageur, je sais. Ils l'ont jeté dans la grande carrière.

MOUTIER

Tué?

TORCHONNET

Oui.

MOUTIER

Et le voyageur? Parle!

TORCHONNET

Le voyageur est bien là. On m'a enfermé. Je crois que les Bournier ont fait un coup. Ça a fait du bruit.

MOUTIER

Oui, j'ai entendu...

TORCHONNET

Ils vont sortir.

MOUTIER

Ne parle plus, silence! (*Il va se blottir de nouveau derrière le fauteuil. Au bout d'un instant, la porte de l'auberge Bournier s'ouvre avec précaution. Michel et Alcide sortent sur le seuil.*)

UN VAISSELIER TOMBE A GRAND FRACAS

MICHEL BOURNIER, *après avoir promené les rayons de la lanterne sourde partout, dit à mi-voix :*

Personne... pas de bruit. Dépêchons-nous alors!

ALCIDE BOURNIER

Oui, dépêchons. La lune va se lever et notre affaire serait manquée. Pourquoi ne le tuons-nous pas ici? Il n'est qu'évanoui.

MICHEL

Le sang donc! Ça laisse des traces...

ALCIDE

Nous ne serons pas trop de deux pour l'enlever sur la civière. (*Ils rentrent laissant la porte entr'ouverte. Moutier se redresse, court et entre après eux dans l'auberge. Le spectateur entend sans voir.*)

MOUTIER, *criant.*

Haut les mains, misérables!

MICHEL

Le zouave!

ALCIDE

Hors d'ici, vite!

MOUTIER

Un zouave, fuir? Haut les mains, je répète!

MICHEL

Haut rien du tout. Gare à ta peau! A nous deux, Alcide! (*Bruit de lutte, jurons, un vaisselier tombe à grand fracas. La femme crie. Plusieurs personnes à demi vêtues, accourent sur la place, avec des armes. Elfy sort précipitamment de la maison.*)

SCENE VII

ELFY, MOUTIER, JACQUES,
Mme BLIDOT, LE GENERAL
DERIGNY, LA FOULE.

ELFY

Moutier! Monsieur Moutier! Joseph, où êtes-vous? (*Aux gens du village.*) Que se passe-t-il?

UN HOMME

On assassine sûr, en face!

ELFY

Où? chez Bournier? Pourquoi n'entrez-vous pas?

UN HOMME, *armé d'un couteau.*

Ce n'est pas bien prudent, vous savez! (*On entend un coup de pistolet. Mouvement de retraite des paysans.*)

ELFY

Et vous laissez égorger quelqu'un? Moi, femme, j'aurai plus de courage que vous! (*Elle arrache le couteau des mains de l'homme et s'élance vers l'hôtel Bournier; juste à l'entrée, elle se croise avec Moutier qui tient son pistolet à la main. Elle pousse un cri et le prend à bras le corps, en laissant tomber le couteau.*)

MOUTIER

Elfy!

ELFY

Blessé! Vous êtes blessé?

MOUTIER

Une égratignure, rien. Les bandits sont à terre! (*Aux paysans.*) Vous pouvez venir, il n'y a plus de danger. (*A Elfy.*) Oh! Elfy! vous seule veniez à mon secours. (*Voyant accourir Jacques.*) Et toi aussi! Allons, du calme maintenant.

ELFY

Je frémis encore. Je pressentais...

MOUTIER

Du calme, Elfy! Allez recoucher cet enfant, et revenez avec votre sœur pour le voyageur blessé. Je l'ai débâillonné. Il n'est peut-être pas mort? (*Elfy entraîne Jacques.*)

UN PAYSAN

On est à vos ordres, Monsieur Moutier.

MOUTIER

Des cordes pour ligoter les trois Bournier, des assassins!

UN HOMME

J'y vas! (*Il part en courant*).

MOUTIER

Un homme à la gendarmerie!

UN HOMME

J'y vas! (*Il part en courant.*)

MOUTIER

Un autre pour ramener le médecin!

UN HOMME

J'y vas! (*Il part en courant.*)

MOUTIER

Quatre hommes pour transporter ici la victime des assassins. (*Quatre hommes s'avancent.*)

Suivez-moi. (*A ceux qui restent.*) De l'eau, du linge sur cette table! (*Il la désigne.*)

(*Tandis qu'il entre à l'auberge Bournier suivi des quatre hommes, les deux qui restent en scène exécutent. L'un porte la table de jardin au milieu, et met l'arrosoir dessus, l'autre va vers l'Ange Gardien, et se croise avec Mme Blidot et Elfy, portant des panse-*

LA CIVIERE PORTANT LE GENERAL SORT DE L'AUBERGE BOURNIER

ments. Le rôle des deux hommes est d'être affolés. Au moment où les femmes arrivent, la civière portant le général sort de l'auberge Bournier. Moutier la précède. Il désigne l'endroit où la poser.)

Mme BLIDOT, *à Moutier.*

Leur victime?

ELFY

Le voyageur?

MOUTIER, *aux femmes.*

Oui! C'est le malheureux voyageur, ficelé comme un saucisson et la figure en sang.

ELFY

Il était bâillonné! (*Les deux femmes s'empressant autour de la civière.*)

MOUTIER, *aux hommes.*

Coupez les cordes! (*Aux femmes.*) Et vous, tâchez de le ranimer, si c'est possible.

UN HOMME, *accourant.*

Monsieur Moutier, v'la les cordes! Faut-y sangler tous les assassins. Même les morts?

MOUTIER, *à l'homme.*

Personne n'est mort. Mais j'ai cassé la cuisse de l'aubergiste. Celui-là ne se sauvera pas. Venez avec moi! (*Ils entrent dans l'auberge Bournier, tandis que l'on s'occupe du blessé. Mme Blidot et Elfy, agenouillées de chaque côté de la civière, baignent les tempes du général.*)

Mme BLIDOT

La figure est en sang! Il a dû recevoir un fameux coup.

ELFY

Laisse, que je lui fasse respirer du vinaigre. Son cœur bat, il n'est pas mort!

Mme BLIDOT

Ces gueux de Bournier! Ils ont fait filer le cocher et la voiture pour faire croire que le client était parti.

ELFY

Comment se fait-il que le cocher fut complice?

Mme BLIDOT

Est-ce qu'on sait? Ah! notre blessé ouvre les yeux... (*Apercevant Moutier qui sort de l'auberge Bournier.*) Monsieur Moutier, voilà qu'il ouvre les yeux!

MOUTIER, *approchant.*

Quelle chance! Vous lui avez lavé le visage? Bien! Approchez une lumière que je voie... plus près... (*Il se redresse et pousse un juron.*) Sacrebleu!

ELFY

Quoi?

MOUTIER

Le général Dourakine! Mon général de Sébastopol!

LES FEMMES, *tour à tour.*

Lui? Lui?

LE GÉNÉRAL, *essayant de se soulever.*

Sébastopol, Moutier!...

MOUTIER, *s'agenouillant à son chevet.*

Oui, Moutier, mon général; Moutier qui vient de mettre à terre vos assassins!

LE GÉNÉRAL

Deux fois sauvé... par vous! Ma tête est vide.

Mme BLIDOT

Vite, Elfy, un cordial! (*Elfy court à la table du jardin.*)

MOUTIER, *au général.*

On vous apporte un petit verre pour vous ravigoter, mon général. Ah! Bon sang! Qui m'aurait dit que je vous retrouverais ainsi.

ELFY, *présentant le verre.*

Voilà! Buvez!

Mme BLIDOT

Pauvre général. Il en tremble!

LE GÉNÉRAL, *après avoir bu.*

Ça va mieux!

SCENE VIII

LES MÊMES, DERIGNY.

(*On entend une rumeur grandissante de la foule...*)

MOUTIER

Cette foule? (*Devant la foule apparaît Dérigny, chancelant, les habits déchirés, et plein de sang.*)

Mme BLIDOT

Encore un blessé?

MOUTIER

Qu'est-ce que c'est que celui-là encore?

LE GÉNÉRAL, *regarde; il se soulève en tendant les bras.*

Dérigny! Mon cocher Dérigny! Victime aussi des Bournier.

TOUS

Oh!

DÉRIGNY, *dans un suprême effort.*

Mon général! Mon général! Ils m'ont assassiné! (*Il tombe comme une masse. On se précipite vers lui. Scène tumultueuse.*)

RIDEAU

ACTE III

PREMIER TABLEAU

Dans la salle de l'auberge de l'Ange-Gardien. Moutier balaie la salle. Elfy entre.

SCENE I

MOUTIER, ELFY.

MOUTIER

Vous déjà, Elfy. Pourquoi ne pas vous reposer encore?

ELFY

Et vous? N'êtes-vous pas à l'ouvrage, après avoir veillé, ici, le blessé Dérigny, et là, le général? (*Elle montre deux portes de chambres.*)

MOUTIER

Moi, c'est différent. C'est mon métier de soldat de monter des gardes. Celle-ci, d'ailleurs n'était pas bien dure. J'ai pu me reposer un peu sur ce matelas, après la visite du médecin.

ELFY

Qu'a-t-il dit?

MOUTIER

Pour le général, ça va tout seul. Simple commotion. Repos. Guérison ce matin. Pour l'autre, c'est différent. Nous avons passé plus d'une heure, le médecin, son aide et moi à le raccommoder. Un bras cassé, deux côtes enfoncées, plaies du crâne. Rien de mortel, mais c'est tout juste! Sa tête disparaît sous les bandelettes.

ELFY

Quelle histoire! Vous a-t-il raconté?

MOUTIER

Le guet-apens? Pas en détail. Mai j'ai compris par ses quelques mots. Les Bournier l'ont amené tout confiant lui et sa voiture auprès d'une carrière et, par surprise, l'ont précipité au fond. C'est miracle qu'il n'ait pas été tué sur le coup!

ELFY

Quels misérables que ces Bournier!

ET VOUS? N'ETES-VOUS PAS A L'OUVRAGE?

Vous auriez pu être leur victime, vous aussi, hier soir!

MOUTIER

Et vous donc, Elfy l'imprudente, Elfy l'amazone farouche. Venez donc un peu ici, que je vous passe un savon en règle!

ELFY, *s'approchant.*

Avant la réprimande, vous pourriez peut-être m'embrasser. Ça se fait, entre fiancés!

MOUTIER, *l'embrassant.*

C'est admirable les femmes! Jamais on ne le dira trop!

Elfy, *riant et se dégageant.*

Pensez à la femme Bournier! (*Le général paraît à sa porte et écoute.*)

Moutier

C'est vrai. J'aurais dû dire : Elfy, c'est la femme des femmes! Dire que cette belle chérie sera ma femme. Ma femme! La femme d'un Moutier-roule-ta-bosse,

IL A MENTI

d'un Moutier sans le sou... (*Se détournant tout à coup.*) Ha! je n'avais pas encore réfléchi à cela!

Elfy, *se rapprochant.*

A quoi?

Moutier, *attristé.*

D'ordinaire, c'est l'homme qui apporte le nécessaire dans le ménage. Cette fois, les rôles seraient changés. C'est vous qui avez le bien!

Elfy

Oh! pour les quatre sous que représente cette auberge partagée avec ma sœur...

Moutier, *de même.*

Oui, c'est possible. Mais j'aurais une honte, toujours. On ne peut pas s'épouser, je n'ai rien!

Elfy *alarmée.*

Joseph!

SCENE II

ELFY, MOUTIER, LE GENERAL.

Le général, *furibond, les bras croisés.*

Il a menti!

Moutier, *stupéfait, se retournant.*

Mon général... je...

Le général

Ma petite Elfy, je répète : il a menti! Moutier, votre fiancé, a vingt mille francs de fortune.

Moutier, *avec reproche.*

Mon général, comment pouvez-vous dire cette chose!

Le général, *s'avançant, les bras croisés.*

Ah çà, Monsieur le délicat, Monsieur le héros! Croyez-vous que le général comte Dourakine se sera fait sauver deux fois par vous en vous disant simplement au revoir et merci?

Moutier

Mon général...

Le général

Alors, je serais selon vous un grigou, une vieille baderne, un vieux sac de pierres?

Moutier

Ah! par exemple, mon général!

Le général

Et si vous pensez le contraire, pourquoi trouveriez-vous drôle que je m'acquitte un peu de ma dette envers vous. (*Moutier fait un geste.*) Silence, sergent! Dites, qu'est-ce que vous répondriez? Est-ce que je ne vaux pas vingt mille francs, moi? Ne m'avez-vous pas sauvé deux fois? Deux fois dix, cela fait bien vingt!... Si vous ouvrez encore la bouche, je dis : deux fois dix, quarante! Hein! vous êtes aplati! Vingt mille, c'est donc votre dot, mon ami. Maintenant, venez m'embrasser!

MOUTIER, *perplexe, regardant Elfy.*

Mon général, malgré moi, je...

ELFY, *enthousiasmée.*

Tu hésites, Joseph! Eh bien, c'est moi qui l'embrasserai la première. (*Elle saute au cou du général.*)

LE GÉNÉRAL, *ravi.*

Hein! quel succès! A mon âge! Au tour de Moutier, maintenant! L'accolade militaire.

MOUTIER

L'accolade oui, mon général. Mais, pour le reste...

LE GÉNÉRAL, *embrassant Moutier.*

Le reste? Cela ne vous regarde plus, sergent. La capitaine Elfy tiendra la caisse.

ELFY, *au général.*

Comme vous êtes bon, comme je vous remercie!

MOUTIER

Mon général! Je suis suffoqué d'émotion...

LE GÉNÉRAL, *s'asseyant.*

Comme moi hier, sous mon bâillon. Savez-vous à quoi je pensais en m'évanouissant?

ELFY

Vous pensiez?

LE GÉNÉRAL

A la dernière pipe que je n'avais pas fumée, grâce à ce bandit, à ce monstre, à cette crapule de Torchonnet!

MOUTIER, *se prenant la tête.*

Torchonnet, je l'avais oublié...

LE GÉNÉRAL

Quoi?

MOUTIER

Dans la cave Bournier! Enfermé par eux hier. C'est grâce à lui que j'ai pu vous sauver!

LE GÉNÉRAL, *gesticulant.*

Torchonnet? Lui? Mais qu'on me l'amène, je veux l'embrasser, lui donner de l'argent, le remercier. Je veux être son père. C'est un ange, ce garçon-là!

MOUTIER

Compris, mon général. Je vais le lui dire... (*Il sort en courant.*)

SCENE III

ELFY, LE GENERAL

LE GÉNÉRAL

Dites-moi, mon enfant. Où a-t-on mis mon pauvre Dérigny?

ELFY, *montrant la porte à gauche.*

Dans cette chambre, mon général. Il a été vu par le médecin à minuit. Vous dormiez déjà.

LE GÉNÉRAL

Je dormais comme une brute, sans souci de tous mes devoirs.

ELFY, *protestant.*

Oh! dans l'état où vous étiez hier soir, la figure en sang, presque asphyxié!...

LE GÉNÉRAL

Le fait est qu'ils m'ont tapé, les bandits. Alors, Dérigny, qu'est-ce qu'il a?

ELFY

Un bras, deux côtes cassées, et des blessures au crâne. Vous voulez le voir?

LE GÉNÉRAL, *la suivant vers la chambre.*

Oui, j'aime beaucoup ce garçon. Un dévoué encore, celui-là. (*Il entr'ouvre la porte et reste sur le seuil un moment, puis la referme sans bruit.*) Il dort! je ne l'aurais pas reconnu avec ses pansements.. Il a l'air d'une momie égyptienne!

ELFY

Comment le juge d'instruction pourra-t-il l'interroger ce matin?

LE GÉNÉRAL

Il vient ce matin, le juge?

ELFY

Ce matin, tout à l'heure. Il a fait dire par les gendarmes qu'on ne touche à rien dans l'auberge Bournier. Le médecin a soigné sur place le bandit auquel Moutier a cassé la cuisse.

LE GÉNÉRAL

Comment? Il l'a soigné, au lieu de l'achever? Ce médecin est un âne. Dites-le-lui de ma part!

ELFY, *riant.*

Mon général, si les médecins avaient aussi la guillotine dans leur trousse, on tremblerait d'être enrhumé...

LE GÉNÉRAL, *riant.*

Ha! ha! ha! C'est ma foi vrai. L'âne, c'est moi. Mais, cet âne veut faire votre bonheur, ma petite Elfy; il va s'occuper du mariage, du festin. Qu'est-ce que vous désirez pour votre corbeille de noces?

ELFY

A vrai dire, mon général... (*Sa phrase est coupée par l'irruption de Torchonnet toujours en nègre.*)

SCENE IV

LES MÊMES, MOUTIER, TORCHONNET puis Mme BLIDOT, JACQUES et PAUL, *à la suite de Torchonnet.*

TORCHONNET, *cramponné au général.*

Mon père, mon bienfaiteur, c'est donc vrai ce que dit Monsieur Moutier?

LE GÉNÉRAL, *sans reconnaître Torchonnet.*

Hein! quoi, Moutier, enlevez le nègre.

MOUTIER

C'est Torchonnet, mon général, ce brave Torchonnet!

LE GÉNÉRAL

Enlevez-le!

TORCHONNET

Non, je ne lâcherai pas celui qui veut que je sois son fils!

LE GÉNÉRAL

Veux-tu me lâcher, animal!

(*Tous à la queue leu leu tirent sur Torchonnet.*)

TORCHONNET, *accroché.*

Il est mon père, je suis son fils...

LE GÉNÉRAL, *sur le point de tomber.*

Moutier, délivrez-moi, ce ramoneur m'entraîne. Il casse mes bretelles!

MOUTIER

Torchonnet, voyons...

TORCHONNET

La reconnaissance m'incruste au bienfaiteur. Mes doigts ne le lâcheront pas.

LE GÉNÉRAL, *à moitié tombé sur une chaise.*

Au secours! chassez ce fou! Arrachez ce crabe...

JACQUES, *aidant Moutier.*

Voyons, Torchonnet, sauve-toi.

TORCHONNET

Non, je ne me sauverai pas. (*Chute générale.*)

ELFY et MOUTIER, *aidant le général à se relever.*

Mon général, vous êtes blessé?

LE GÉNÉRAL, *échappant de leurs mains et empoignant Torchonnet.*

Polisson, animal!... Je t'apprendrai à faire le gentil avec moi !A me faire tâter le parquet A la porte! A la porte!

TORCHONNET

Mon père! Mon bienfaiteur!

LE GÉNÉRAL

Je vous répète que cette espèce de nègre n'est pas à moi. Je n'ai pas affaire à vous. Bonsoir! (*Il va s'enfermer.*)

LE GENDARME, *réprobatif.*

Père dénaturé!

CHUTE GENERALE

LE GÉNÉRAL

A la porte! (*Il le gifle à vide et le conduit à la porte. Bousculade avec le gendarme qui entre et reçoit la gifle dernière.*)

SCENE V

LES MEMES, LE GENDARME

LE GENDARME, *bousculé par le général.*

Hé! doucement, le père! Vous êtes un peu vif pour votre gosse.

LE GÉNÉRAL, *furieux.*

Je ne suis pas son père!

LE GENDARME

Le gosse de votre femme alors.

LE GÉNÉRAL

Je ne suis pas marié !

LE GENDARME

Qu'est-ce que vous me chantez? La voix du sang a crié : mon père, là tout de suite.

PAUL

Il a battu Torchonnet, c'est méchant, ça! Le gendarme devrait le battre à son tour.

LE GENDARME

Nonobstant, mon garçon, que je ne suis pas une machine à battre... Que je n'en aurais pas le temps d'ailleurs, vu que j'ai le juge d'instruction dans mon dos.

PAUL, *à Mme Blidot.*

C'est pas vrai, il ne porte pas de juge dans le dos!

Mme BLIDOT

Tais-toi, Paul. (*Au gendarme*) Excusez-le!

LE GENDARME

Laissez-le dire. Il saura subséquemment plus tard le langage perspicace de l'autorité. Attention! Voici le juge et son greffier. (*Il se range et salue.*)

SCENE VI

LES MEMES, le JUGE; son GREFFIER.

LE GREFFIER

M'sieu, dames, le juge d'instruction! Veuillez laisser libre cette salle. (*Elfy et Moutier sortent.*)

LE JUGE, *à Mme Blidot.*

Madame Blidot ?

Mme BLIDOT

Votre servante, monsieur le juge.

LE JUGE

Excusez cette mesure, j'ai à entendre deux blessés ici.

Mme BLIDOT

Nous sortons tous, Monsieur, nous sortons!

LE JUGE

Le blessé Dérigny?

Mme BLIDOT, *désignant la porte gauche.*

Ici, dans cette chambre.

LE JUGE

Merci. Si j'ai besoin de vous, j'appellerai. (*Tous sortent, sauf le gendarme.*)

SCENE VII.

LE JUGE, LE GREFFIER, LE GENDARME, LE GENERAL

(*Le greffier après avoir regardé dans la chambre de Dérigny.*)

Il n'y a pas de table pour écrire.

LE JUGE, *désignant une table.*

Asseyez-vous à celle-ci. De la chambre, je vous dicterai la déposition. (*Au gendarme.*) Vous, la consigne des portes. (*Le général paraît.*)

LE GENDARME, *s'élançant.*

Monsieur le juge vient de faire évacuer le public. Allons, ouste!

LE GÉNÉRAL, *froidement.*

Je ne suis pas le public.

LE GENDARME, *au juge.*

Il n'est pas le public?

LE JUGE, *s'asseyant.*

Quel est cet homme?

LE GENDARME

Monsieur le juge, c'est un père dénaturé.

LE GÉNÉRAL

Hein!

LE JUGE

Pas d'histoires de famille! Faites-le sortir.

LE GENDARME, *au général.*

Allons, ouste! Le mari de la négresse.

LE GÉNÉRAL, *au juge, esquivant le gendarme.*

Pardon, Monsieur, je suis entré parce que je dois rester.

LE GENDARME

Allons, ouste!

LE GÉNÉRAL, *esquivant toujours.*

Et si vous me faites sortir, vous serez fort attrapé.

LE JUGE, *se levant.*

Parlez plus poliment à la justice. Je vous réitère l'ordre de sortir.

LE GENDARME

Allons, ouste!

LE GÉNÉRAL, *une chaise comme bouclier contre le gendarme, et faisant des petits sauts vers le juge qui se sauve à mesure ainsi que son greffier, en tournant autour de la table.*

L'ordre? Sachez Monsieur, que je n'ai d'ordre à recevoir de personne.

LE JUGE

Sortez, Monsieur.

PARLEZ PLUS POLIMENT A LA JUSTICE, JE VOUS REITÈRE L'ORDRE DE SORTIR

LE GENDARME

Sortez, père dénaturé!

LE GÉNÉRAL

Sachez que si vous m'obligez à sortir de cette salle — ce qui n'est pas fait — aucune force humaine ne m'y fera rentrer.

LE JUGE, *essoufflé.*

Marché conclu. Sortez!

LE GENDARME

Allez, ouste!

LE GÉNÉRAL

Et que vous ne saurez rien de moi sur les Bournier.

LE JUGE

J'y consens! Dieu que j'ai chaud!

LE GENDARME

Ouste! pour la dernière fois.

LE GÉNÉRAL

Je me retire donc, de mon plein gré.

LE GENDARME, *le voyant se diriger au fond droit.*

Pas par ici.

LE GÉNÉRAL, *menaçant le gendarme qui recule.*

De mon plein gré! Dans ma chambre. (*Il s'enferme.*)

SCENE VIII

LES MEMES, *moins le* GENERAL

LE GENDARME, *s'épongeant le front.*

Ah! chaleur!

LE GREFFIER, *même geste.*

Chaleur!

LE JUGE, *assis.*

J'étouffe! (*Au gendarme.*) Compliments pour la consigne des portes!... Madame Pandore aurait mieux fait!

LE GENDARME

Monsieur le juge, je m'ai laissé surprendre, mais vous allez voir.

(*Paraît Moutier. Il veut s'élancer.*)

SCENE IX

LES MEMES, MOUTIER

LE JUGE

Pas celui-ci. (*A Moutier.*) N'êtes-vous pas le sergent Moutier?

MOUTIER

Oui, Monsieur le juge, le principal témoin de l'affaire.

LE JUGE

Bon, vous allez déposer. Mais, dites-moi : quel est ce gros homme qui habite cette chambre?

MOUTIER

Le général Dourakine.

LE JUGE

Le général!

LE GENDARME

Un général!

MOUTIER

C'est lui la victime des Bournier.

LE JUGE

Et moi qui l'ai rabroué... Voilà bien ma chance!

LE GENDARME, *flageolant sur ses jambes.*

Un général! Me voilà propre!

MOUTIER

Vous l'avez mis en colère? Aïe! Aïe!

LE JUGE, *gesticulant, désolé.*

Monsieur Moutier, allez le trouver. Faites-lui mes excuses. Ramenez-le... Sa déposition à obtenir... pristi... pristi!

MOUTIER

S'il est furieux dans sa chambre... Grave histoire!

LE GENDARME, *flageolant.*

Un général!

MOUTIER

Pour bien faire, il faudrait qu'il ne vous vît pas ici.

LE JUGE, *avec empressement.*

Vous l'avez dit!

GREFFIER et GENDARME

Cachons-nous.

LE JUGE

Cachons-nous.

MOUTIER

Cinq minutes!

LE JUGE, *indiquant la chambre de gauche.*

Interrogatoire Dérigny : vous viendrez nous chercher quand vous l'aurez calmé! (*A ses subordonnés.*) Pas de bruit!

LE GREFFIER

Pas de bruit!

LE GENDARME

Pas de bruit! (*Ils se dirigent en file indienne vers la chambre en marchant sur la pointe du pied, tandis que Moutier va frapper à la porte du général.*)

LE GENDARME

Cachons-nous!

LE JUGE

Pas de bruit!

LE GREFFIER

Cachons-nous! (*Ils disparaissent.*)

SCENE X

MOUTIER, LE GENERAL

MOUTIER, *frappant à la porte du général.*

Mon général! c'est moi.

LE GÉNÉRAL, *paraissant.*

Vous venez peut-être de la part du juge?

MOUTIER

Je viens de sa part avec ses excuses. Il vous demande de revenir. Il est chez Dérigny.

LE GÉNÉRAL, *avançant de quelques pas.*

Jamais! dites à ce malappris qu'il se souvienne de mes paroles.

MOUTIER

Mais, mon général, on ne peut pas se passer de votre déposition.

LE GÉNÉRAL, *furieux, se promenant en rond, suivi de Moutier.*

Qu'on fasse comme si j'étais mort!

MOUTIER

Mais vous ne l'êtes pas, mon général, et alors...

LE GÉNÉRAL, *arpentant la scène.*

Alors, qu'on suppose que je le suis. Je suis mort. Tranquille comme un mort. Je ne bouge plus; je ne parle plus !

MOUTIER

Mon général, c'est impossible, on ne peut se passer de vous.

LE GÉNÉRAL

Alors, pourquoi m'ont-ils renvoyé?

MOUTIER

Mon général, je vous en supplie!

LE GÉNÉRAL

Non, jamais! jamais! jamais! Je ne bouge pas de ma chambre jusqu'à ce qu'ils soient partis.

(*Il s'enferme.*)

SCENE XI

MOUTIER, ELFY

(*Elfy entre comme le général ferme sa porte et voit Moutier rester stupide.*)

ELFY

Que se passe-t-il ? Le général est en colère ?

MOUTIER

Une pique avec le juge d'instruction. Il ne veut plus faire de déposition.

ELFY

Où est le juge ?

MOUTIER

Chez Dérigny.

ELFY, *disposant un paravent.*

Laisse faire, je vais arranger les choses. Préviens le juge. Qu'ils restent tous derrière ce paravent, et qu'ils écoutent. J'entre chez le général, va!

(*Moutier glisse sur la pointe du pied et va chercher la justice. A voix basse, il explique au juge la combinaison. Elfy leur fait signe avant de frapper à la porte du général.*)

SCENE XII

ELFY, LE GENERAL.

Les autres personnages derrière le paravent.

(*Pendant cette scène, les personnages cachés ont des attitudes et des gestes quand il est parlé d'eux.*) *Le juge réprouve le gendarme. Le gendarme et le greffier rient quand le juge écope. Moutier piétine sur place et sort quand le général le qualifie.*

C'EST MOI, MON GENERAL

LE GÉNÉRAL, *bourru.*

Qui frappe ?

ELFY

C'est moi, mon général. (*Il paraît.*)

LE GÉNÉRAL, *radouci.*

Que voulez-vous ?

ELFY

Vous voir un instant. Vous consulter sur un point relatif à mon mariage, puisque c'est vous qui l'avez décidé.

LE GÉNÉRAL, *soupçonneux.*

Moutier n'est plus là ?

ELFY, *étonnée.*

Non ?

LE GÉNÉRAL, *enchanté.*

Ha! ha! Je ne demande pas mieux, ma petite Elfy. Entrez donc.

ELFY

Asseyons-nous plutôt ici. Il fait plus frais. (*Ils s'asseyent.*) Je pense encore à notre entretien de tout à l'heure, aux scrupules de Joseph pour accepter vos largesses.

LE GÉNÉRAL

Quel crétin!

ELFY

Certes! sans lui, ces abominables gens vous auraient tué, car ils voulaient vous tuer, n'est-ce pas ?

LE GÉNÉRAL

Je crois bien, m'égorger comme un mouton!

ELFY

Une chose que je ne puis comprendre, c'est comment ces misérables ont pu faire pour s'emparer de vous qui êtes si fort et si courageux!

LE GÉNÉRAL

Je ne m'attendais à rien parbleu! Ils m'ont d'abord berné avec une soi-disant visite de gendarme pour mes passeports. J'ai eu la patience, moi général, d'attendre le gendarme, sans doute le même que celui de tout à l'heure : un gendarme en zinc, un jouet de bazar, idiot, à gifler! Juste le pendant du greffier pâteux, grotesque, sans oublier le juge inique, sans esprit que je...

ELFY, *effrayée.*

Mon général, mon général! Vous parliez des Bournier!

LE GÉNÉRAL

Oui, les Bournier! Ces crapules voulaient me retenir dans mon appartement tandis qu'ils faisaient disparaître mon équipage et mon cocher. Ils guignaient mon argent!

ELFY

Cela saute aux yeux, à présent.

LE GÉNÉRAL

Cela ne me sautait à rien du tout hier! Je croyais au gendarme, à cette loque de gendarme, et j'attendais, imbécile que je suis.

ELFY, *protestant.*

Oh! mon général!

LE GÉNÉRAL

Double imbécile! triple brute! Je me connais! Enfin, hier soir après un dîner exécrable, comme je réclamais du tabac, ils se sont soudain jetés sur moi. L'un me frappait par devant, l'autre par derrière, la femme les aidait. Meurtri de coups malgré mon énergie, je suis tombé. On m'a bâillonné, ligoté. Je me suis évanoui. Vous savez le reste.

ELFY

Je parie que vous pensez encore au dîner exécrable!

LE GÉNÉRAL

Des carottes, pourries! Un veau de dix-sept jours!

ELFY

Alors, je me sauve vite pour aller vous préparer un bon poulet. (*Elle se sauve.*)

LE GÉNÉRAL, *la suivant.*

Et votre mariage? Nous n'en avons pas dit un mot!

ELFY

Ce sera pour une autre fois. (*Elle fait signe à Moutier, qui apparaît à la porte.*)

LE GÉNÉRAL

Une autre fois? (*Apercevant le juge.*) Vous, Monsieur?

ELFY, *à Moutier qui la rejoint.*

Sauve qui peut!

LE JUGE, *au général.*

Moi-même, Monsieur!

LE GÉNÉRAL, *marchant sur le juge.*

Vous venez m'insulter jusque chez moi, Monsieur? (*Elfy et Moutier entr'ouvent la porte et la referment vivement.*)

LE JUGE, *aimable.*

Je viens au contraire, cher Monsieur, vous faire mes excuses. Cette algarade malheureuse... J'ignorais votre nom... Je pensais que vous étiez un curieux! Toutes mes excuses. Ce gendarme est bien coupable. (*Le gendarme se cache derrière le greffier.*)

LE GÉNÉRAL, *radouci.*

Très bien, monsieur, je ne vous garde pas rancune. Je pardonne au gendarme. Mais il m'est impossible de revenir sur ma parole. Vous ne saurez pas un mot de l'affaire.

LE JUGE

Quant à cela, cher monsieur. Inutile maintenant! Votre déposition a été complète, admirablement complète. (*Il montre le greffier qui frappe sur son dossier d'un air satisfait.*)

LE GÉNÉRAL, *ébahi.*

Ma déposition ?... Ah! je comprends! La friponne d'Elfy, Moutier, son complice. Ils me le paieront! (*Il appelle d'une voix formidable.*) Moutier! Elfy! (*Une porte s'ouvre. Elfy pousse Moutier devant elle.*) Ah! vous voilà; vous voilà! Vous en faites une tête! (*Il tend les bras.*) Moutier, viens, mon ami! Viens mon fils! Elfy, ma fille! Je vous adopte. Je vous fais comte et comtesse Dourakine, et je vous donne six cent mille roubles de rente! (*Moutier reste ébahi, Elfy éclate d'un rire convulsif.*) Alors quoi! Elle rit!

MONSIEUR LE COMTE DOURAKINE, J'AI BIEN L'HONNEUR DE VOUS SALUER

ELFY, *saluant Moutier.*

Monsieur le comte Dourakine, j'ai bien l'honneur! (*Allant au général.*) Mon bon général, c'est une plaisanterie. C'est impossible, ridicule. Regardez, Moutier rit, ces messieurs rient, le gendarme rit!

LE GÉNÉRAL, *furieux.*

Le gendarme rit! (*Le gendarme s'immobilise.*) C'est la cinquante-sixième fois qu'on refuse ma fortune! Mettez que je n'ai rien dit.

LE JUGE, *au général.*

Il nous reste, cher monsieur, à vous confronter avec vos assassins. Je vous supplierai seulement d'être calme, un peu calme...

LE GÉNÉRAL, *furibond.*

Calme! comment voulez-vous que je sois calme devant ces ignobles gueux, ces fripouilles, ces gibiers de potence!... Marchez! Je vous suis!

LE JUGE, *à son greffier.*

Nous sommes bien! (*Au gendarme.*) Gendarme! Ouvrez la marche! (*Le gendarme fait une marche de crabe pour sortir à reculons en saluant le général qui le suit en marquant le pas. Tous marquent le pas machinalement en sortant derrière le général.*)

DEUXIEME TABLEAU

La place avec les deux auberges. Celle de gauche a sa façade voilée. Devant l'Ange Gardien, petites tables pour le déjeuner du matin.

SCENE I

LE GENERAL, MOUTIER, ELFY,

(*Elle range les tables à la terrasse.*)

MOUTIER, *accourant, suivi du général.*

Elfy! Voici le général! Dépêchons.

LE GÉNÉRAL

Elfy! J'ai faim! Mon petit déjeuner!

ELFY, *rangeant.*

Tout de suite, mon général!

MOUTIER, *présentant une chaise.*

A cette table?

LE GÉNÉRAL, *debout.*

Oui, à cette table; à ma table que je vais quitter, hélas! pendant un mois!

ELFY

Après ma noce, mon général!

LE GÉNÉRAL

Après demain, oui. Les eaux de Bagnoles me réclament avec Dérigny. Mais cela m'embête, Elfy, cela m'embête!

ELFY

Pourquoi ?

LE GÉNÉRAL

Dérigny n'est pas gai!

ELFY

Bah! un mois est si vite passé!

LE GÉNÉRAL

Il me faudrait... Tenez! Prêtez-moi Moutier pendant ce petit mois.

ELFY, *médusée.*

Mon futur mari ? un mois?

MOUTIER, *ébahi.*

Juste après la cérémonie!

LE GÉNÉRAL, *à Moutier.*

Un mois est si vite passé, dit Elfy.

ELFY, *faisant jouer ses doigts.*

Mon général, je vais griffer!

LE GÉNÉRAL, *riant.*

Bon! bon! Je bats en retraite; n'en parlons plus! (*Il s'assied.*) Diable! la chaise a craqué. (*Il se lève.*)

MOUTIER, *s'empressant.*

En voici une autre, mon général!

LE GÉNÉRAL

Elfy! Je vous dois déjà onze chaises. Toutes se disloquent sous moi.

ELFY, *riant.*

C'est si peu solide. (*A Moutier.*) Va vite chercher les trois chaises neuves chez le menuisier.

MOUTIER, *sortant vivement.*

Bon!

LE GÉNÉRAL, *à Elfy.*

Trois pour moi seul?

ELFY

Mon général, il en faut deux pour des clients difficiles qui vont déjeuner dans un instant.

LE GENERAL DOURAKINE

LE GÉNÉRAL

Qui ça ?

ELFY

Ils s'appellent, entre eux, duc et prince! Ha! quelle exigence! Contents de rien. Ils sont venus par ici pour embaucher une dizaine de domestiques.

LE GÉNÉRAL

Dix? Mâtin!

ELFY, *regardant dans la coulisse.*

Les voici, justement. Vous permettez ? (*Elle va essuyer une table.*)

LE GÉNÉRAL

Faites, faites.

SCENE II

LE GENERAL, ELFY, LEDUC, *maître d'hôtel*, LEPRINCE, *cuisinier.*

LEDUC, *précieux, montrant les tables.*

Déjeunons-nous, cher?

LEPRINCE, *infatué.*

Mais oui, cher!

LEDUC, *indiquant une table à Elfy.*

Ici, la bonne!

ELFY, *empressée.*

Bien. (*Elle va pour essuyer la table.*)

LEPRINCE, *l'arrêtant.*

Pardon! une nappe d'abord! Nous avons l'habitude des nappes! (*Elfy court prendre une nappe qu'elle déploie.*)

LEDUC, *regardant vers le général.*

Comment peut-on manger sans nappe!

LEPRINCE

Et sans fleurs sur la table!

LEDUC, *à Elfy.*

Vous n'avez pas de fleurs?

ELFY, *montrant la plate-bande.*

Des capucines...

LEPRINCE

Fi! des fleurs de salade!

ELFY, *courant au fond.*

J'ai là des œillets!

LEDUC à LEPRINCE

Je te l'avais dit : ici c'est des paysans! (*Il regarde vers le général*) et de la clientèle de paysans, pouah!

LEPRINCE

Monsieur Leduc, nous ne sommes pas à notre place!

LEDUC

Monsieur Leprince, nous n'y sommes pas! Asseyons-nous. (*Ils s'asseyent; les deux chaises cassent; ils tombent; le général rit très haut.*)

LEPRINCE, *à Elfy qui accourt avec des œillets.*

C'est intolérable!

LEDUC

C'est dégoûtant!

ELFY

Ho! Quel malheur! Ces messieurs ont justement pris les chaises douteuses.

LEPRINCE

Vous ne pouviez pas prévenir? D'autres chaises, vite!

ELFY

On les apporte....

LEDUC

Et puis des tasses fines, ma fille. Nous ne prenons pas le chocolat dans ces écuelles de gargote!

ELFY

Bien, bien, Monsieur le duc! (*Elle va pour sortir.*)

LE GÉNÉRAL

Elfy! les tasses fines pour moi! (*Elle sort.*)

LEDUC, *se retournant vers le général.*

Plaît-il?

LEPRINCE, *de même.*

Monsieur est sans doute marchand de cochons?

LE GÉNÉRAL

Oui, m'sieu! et si vous êtes à vendre, je vous achète.

LEPRINCE, *dédaigneux à Leduc.*

L'esprit du métier! (*Au général.*) Ce n'est pas le nôtre, môssieu!

LEDUC, *au général.*

A chacun son éducation, môssieu! (*Ils sont à droite et à gauche du général.*)

LE GÉNÉRAL

Pardonnez! Je vous avais pris pour des marchands de cochons.

LEPRINCE, *saluant.*

Nous n'avons pas cet honneur!

LEDUC, *saluant.*

La belle prestance nous manque!

LEPRINCE, *faisant le geste des deux bras.*

... Avec le petit air ballon!

LEDUC

... Qui sied si bien aux gens de foire!

LEPRINCE, *au général.*

A vous la blouse, Seigneur! A nous le frac!

LEDUC

Du matin au soir.

LEPRINCE

Tous nos regrets de ne pas être vos confrères!

LE GÉNÉRAL

Si j'ai bien saisi, vous êtes larbins?

LEDUC, *avec hauteur.*

Monsieur!

LEPRINCE

Monsieur!

LE GÉNÉRAL

Je ne sais pas, moi. Il n'y a pas eu de présentations.

LEPRINCE

Qu'à cela ne tienne! (*Il fait signe à Leduc.*)

LEDUC, *infatué, se présentant.*

Leduc! Premier maître d'hôtel du *Normandy*, de Bagnoles.

LE GÉNÉRAL

Et d'un!

LEPRINCE, *de même.*

Leprince! Premier cuisinier dudit palace!

LE GÉNÉRAL

Et de deux! Enchanté, messieurs! Justement, après-demain, je file pour Bagnoles. C'est bien, votre bazar ?

LEDUC, *indigné.*

Bazar! Appartements princiers, monsieur! Mille francs par mois.

LEPRINCE, *ironique.*

Et, dans l'annexe du personnel, chambrettes à trois francs. Je vous inscris, camarade?

LE GÉNÉRAL

L'appartement de mille francs, oui. (*Les deux hommes se tordent, face au public.*)

LEPRINCE

Oh! que c'est rigolo!

LEDUC

Oh! ce toupet de maquignon!

LEPRINCE

Tu le vois dans le grand salon du 4?

LEDUC

Avec un ministre pour voisin! (*Elfy et Moutier reviennent.*)

ELFY, *au général.*

Voici la tasse fine réclamée, mon général.

MOUTIER, *présentant une des chaises neuves.*

Et une chaise solide, mon général.

LEDUC, *ébahi.*

Hein?

LEPRINCE, *à Moutier qui passe avec les deux chaises restantes*

Général?

MOUTIER

Oui. C'est le général comte Dourakine. Six cent mille roubles de rente!

LES DEUX HOMMES, *ensemble.*

Ho! (*Moutier leur parle à part.*)

LE GÉNÉRAL, *haut à Elfy.*

Elfy! N'y a-t-il pas un autre hôtel que le *Normandy* à Bagnoles?

ELFY

Si, mon général! Le « *Cheval Blanc* ». (*Moutier va vers le général.*)

LEDUC, *envoyant un direct à Leprince.*

Crétin! tu t'es moqué de son ventre!

LEPRINCE, *de même.*

Cruche! tu l'as traité de maquignon! (*Tous deux, soudain d'accord, s'avancent vers le général en ployant l'échine.*)

LEDUC

Monsieur le comte...

LEPRINCE

...Nous sommes...

LEDUC

... Vos humbles...

LEPRINCE

...Serviteurs!

LE GÉNÉRAL, *se levant, à Leduc.*

Monsieur le faquin!

LEDUC, *s'inclinant.*

Oui, Monsieur le marquis!

LE GÉNÉRAL, *à Leprince.*

Monsieur le pendard!

LEPRINCE, *de même.*

Oui, mon maréchal!

LE GÉNÉRAL

Maintenant que nous voici chacun à notre place, je lâche le *Normandy* pour le *Cheval Blanc!*

LEDUC, *alarmé.*

M. le comte ne fera pas cela!

LEPRINCE

Je m'en passerais ma broche dans le ventre!

LE GÉNÉRAL, *foudroyant.*

Assez! Mes billets de mille au *Cheval Blanc!*

LEDUC, *courbé en deux.*

Pitié!

LEPRINCE, *à genoux.*

Miséricorde!

LE GÉNÉRAL, *riant.*

Ha! ha! Je suis désarmé; je capitule. Mais attention au service après-demain! Sur ce, je vous ai assez vus. Filez à Bagnoles pour m'attendre.

LEDUC, *à Leprince.*

Filons!

LEPRINCE

Filons! (*Ils sortent en se retournant trois fois pour saluer.*)

SCENE III

LE GENERAL, ELFY, MOUTIER

LE GÉNÉRAL, *riant.*

Ha! ha! Leurs belles tasses fines! Ils peuvent courir! (*Il se rassied.*)

ELFY

Ces gens-là, c'est plus difficile que des ducs!

MOUTIER

Vous les avez matés, mon général.

LE GÉNÉRAL

Elfy! versez donc une seconde tasse fine pour Moutier!

MOUTIER

Oh! mon général!

LE GÉNÉRAL

Voulez-vous vous asseoir! Nous sommes deux militaires, que diable!

MOUTIER, *s'asseyant.*

Vous êtes trop bon!

LE GÉNÉRAL, *à Elfy.*

Alors Elfy? Les nouvelles depuis hier!

ELFY, *versant pour Moutier.*

Le blessé presque bien. On lui enlève ses appareils tout à l'heure.

LE GÉNÉRAL

Bon! je vais enfin le voir! Votre corbeille de noces?

ELFY

Il est arrivé des tas de caisses à votre adresse...

LE GÉNÉRAL, *se frottant les mains.*

C'est cela, c'est cela!... Alors?

ELFY

Je n'ai rien ouvert, naturellement.

LE GÉNÉRAL

Rien ouvert? Mais, c'est fabuleux! C'est la première fois qu'une femme, devant une corbeille de noces, ne fait pas sauter toutes les serrures!

ELFY

Je n'aurais pas osé!

LE GÉNÉRAL

Pas d'autres nouvelles?

ELFY, *montrant l'auberge Bournier.*

Il y a ça!

LE GÉNÉRAL

Quoi, ça?

ELFY

L'auberge Bournier. Depuis le guet-apens du mois passé, la maison a été rachetée en secret.

LE GÉNÉRAL

Pas possible!

MOUTIER

Sans doute un nouvel aubergiste, c'est embêtant!

LE GÉNÉRAL, *se frottant les mains.*

Ah! certes, c'est embêtant. Ça va vous faire du tort... la concurrence!

ELFY

D'autant plus qu'on y exécute de grands travaux. Hier soir, façade voilée! J'ai voulu jeter un coup d'œil. L'entrepreneur m'a poliment mise dehors!

LE GÉNÉRAL, *riant.*

Quel ours! J'irai regarder, moi!

ELFY

Il va vous mettre dehors aussi! Ce qu'il y a de plus chagrinant, c'est le petit pré...

MOUTIER

En bordure de rivière!

LE GÉNÉRAL

Ah! je sais, ce petit pré qui aurait si bien fait votre affaire!

MOUTIER

On l'aurait eu avec un billet de ce que vous m'avez donné!

ELFY, *soupirant.*

Trop tard! il est vendu...

LE GÉNÉRAL

Eh mais! ce nouvel aubergiste est un accapareur! Qui est-ce?

ELFY

Personne ne sait son nom. L'entrepreneur vous le dira peut-être. Tenez, le voilà, ce bourru!

MOUTIER, *au général.*

Il vous refusera l'entrée comme à elle!

LE GÉNÉRAL

Nous allons bien voir! (*Il se dirige vers l'entrepreneur à gauche. Moutier et Elfy observent en causant à voix basse.*)

SCENE IV

LE GENERAL, L'ENTREPRENEUR *à gauche,* MOUTIER *à droite,* ELFY.

LE GÉNÉRAL, *à mi-voix, à l'entrepreneur.*

Attention à la consigne, Monsieur Leroy! Je vais vous interroger tout haut, et vous commencerez par me traiter du haut en bas.

L'ENTREPRENEUR

Compris!

LE GÉNÉRAL, *soulevant sa casquette.*

C'est vous l'entrepreneur, monsieur?

L'ENTREPRENEUR, *d'un ton rogue.*

Oui, Monsieur!

LE GÉNÉRAL

C'est intéressant vos travaux?

L'ENTREPRENEUR

Qu'est-ce que ça peut bien vous faire?

LE GÉNÉRAL

Çà m'amuserait de les voir.

L'ENTREPRENEUR

Vous pouvez tourner les talons. Vous ne verrez rien du tout!

LE GÉNÉRAL

Comment s'appelle le propriétaire nouveau?

L'ENTREPRENEUR

Il s'appelle Tartempion! Fichez-moi la paix. (*Il tourne le dos.*)

LE GÉNÉRAL

Monsieur!... je suis le général comte Dourakine! Voici cent francs pour entrer voir.

L'ENTREPRENEUR, *radouci.*

Cent francs? Enfin! Pour vous seul, entrez! (*Ils soulèvent la toile et disparaissent.*)

SCENE V

MOUTIER, ELFY, puis Mme BLIDOT.

ELFY, *à Moutier.*

Tu vois? Pour cent francs, tu peux entrer.

MOUTIER, *s'asseyant.*

On fait tout avec de l'argent!

ELFY

C'est égal, tout à l'heure, le général, j'avais envie de le griffer! Il prenait plaisir à notre ennui!

MOUTIER

Tu crois?

Mme BLIDOT, *arrivant en coup de vent.*

Le général n'est pas là?

ELFY

Il visite l'hôtel en réparation. Pourquoi?

Mme BLIDOT

A cause de ta noce, tiens! Il faut que je lui parle. C'est demain ta noce. Tu n'as pas l'air de t'en douter!

MOUTIER

Le curé est malade?

Mme BLIDOT

Eh! ce n'est pas de lui qu'il retourne. Il s'agit de faire dîner tout le monde. Sais-tu ce que j'apprends?

ELFY

Quoi? Tu me fais peur!

Mme BLIDOT

Tout le village est invité! Deux cents personnes!

ELFY, *épouvantée.*

Tu as invité deux cents personnes?

Mme BLIDOT

Pas moi, lui, le général!

MOUTIER, *se levant d'un bond.*

C'est fou, c'est pas possible !

SCENE VI

LES MEMES, LE GENERAL

LE GÉNÉRAL, *revenant.*

Eh bien, quoi! Vous avez tous l'air ahuri!

ELFY

C'est vrai que vous avez invité deux cents personnes à ma noce?

LE GÉNÉRAL

Deux cents? Jamais de la vie!

ELFY, *à Mme Blidot, rassurée.*

Tu vois!

LE GÉNÉRAL

Deux cent quinze exactement.

Mme BLIDOT, *avec un cri.*

Deux cent quinze! Nous voilà propres. Mais, mon général, à supposer que l'*Ange-Gardien* soit assez vaste...

ELFY

La vaisselle!

MOUTIER

Les aliments!

Mme BLIDOT

Les chaises, le cidre, les nappes, les tables! Non, j'en ferai une maladie! (*Elle se laisse tomber sur une chaise.*)

LE GÉNÉRAL, *heureux.*

Je vous guéris d'avance, ma petite femme! Ne vous occupez de rien.

Mme BLIDOT

Ah! Ah! général, je suffoque. C'est encore une de vos manigances! Ça va crever. Ça ne peut pas réussir!

LE GÉNÉRAL

Ha, ha, ha! Ma petite femme. Si vous vous voyiez!

Mme BLIDOT, *fâchée.*

Je ne veux plus que vous m'appeliez votre petite femme!

LE GÉNÉRAL

Je sais. Vous êtes, après Elfy, la cinquante-septième personne qui avez refusé ma couronne, mon nom et mes roubles. Ce n'est pas une raison pour me retirer votre confiance. Fiez-vous à moi pour demain. A présent, occupons-nous de choses sérieuses.

Mme BLIDOT, *les yeux au ciel.*

De choses sérieuses!

LE GÉNÉRAL

Dérigny n'est pas une chose sérieuse? Vous l'avez soigné si exclusivement, depuis un mois, que vous m'avez consigné sa porte!

Mme BLIDOT

Par ordre du médecin, mon général!

LE GÉNÉRAL

Enfin, Dérigny a de la chance! Une charmante infirmière de vingt-huit ans!

Mme BLIDOT

Ha! cette noce! je tremble...

LE GÉNÉRAL

Puisque le médecin le déclare convalescent, allez me le chercher!

Mme BLIDOT, *à son idée.*

Chercher la noce?

LE GÉNÉRAL

Non, Dérigny!

LE PETIT PRÉ EN BORDURE DE RIVIÈRE

VOUS AURIEZ UNE PROPRIETE RAVISSANTE GRACE AU PETIT PRE

Mme Blidot

Bien! (*Elle parle en s'en allant.*) Deux cent quinze chaises, 430 verres, 875 assiettes...

Le général

2.397 petits fours! Ha! ha! ha! ma petite femme!

Elfy, *agacée.*

Alors, mon général, l'hôtel en face?

Le général

C'est très bien, très bien, mieux que je n'aurais pu croire. Tout est terminé. Cette propriété joint la vôtre par derrière... Il n'y aurait que la haie de votre petit jardin à ouvrir et vous auriez là une propriété ravissante, grâce au petit pré. (*Elfy, agacée, va ranger les tables.*)

Moutier

Pardon, mon général, si je vous fais observer qu'il serait mieux de ne pas augmenter les regrets de ma pauvre Elfy.

Le général, *narquois.*

Bah! bah! ne disait-elle pas, hier soir, que vous lui teniez lieu de tout? Pour elle, vous êtes l'ombre des bois, la fraîcheur de la rivière, le soleil du petit pré. Ha! ha! ha! Un peu de sentiment, voyons donc! Au lieu de prendre des airs d'archanges, vous me regardez tous deux avec un air presque méchant! Ah! voici Dérigny! (*Il s'avance à sa rencontre.*)

Elfy, *à Moutier.*

Joseph! le général est devenu insupportable. Je serai enchantée de le voir partir!

Moutier, *l'apaisant.*

Chut! chut! la paix est signée. Il repart bientôt pour la Russie, je le sais! (*Il aide Elfy à enlever les tasses du déjeuner.*)

SCENE VII

LES MEMES, DERIGNY

conduit par Mme Blidot.

DÉRIGNY, *au général.*

Oui, cela va mieux, mon général, quoique je sois encore faible. (*Il s'assied.*)

LE GÉNÉRAL

Parbleu! un mois de lit et l'isolement complet. Moi, j'aurais traité tout cela par l'exercice physique!

Mme BLIDOT

Son bras cassé, mon général!

LE GÉNÉRAL

Alors, elle vous a bien soigné, bien dorloté, cette bonne Mme Blidot?

DÉRIGNY, *avec chaleur.*

Ha! mon général, mon amitié pour elle, ma reconnaissance!

Mme BLIDOT

C'est que vous aviez, aussi, le moral atteint!

DÉRIGNY, *soupirant.*

Que voulez-vous, j'ai eu tellement de malheurs dans ma vie!

LE GÉNÉRAL

Dérigny, contre le spleen, deux moyens : changement d'air ou mariage. Demandez à nos amis Elfy et Moutier!

DÉRIGNY

Qu'ils soient plus heureux que moi!

MOUTIER

Çà, monsieur Dérigny, il faut remonter le courant, réagir. Vous avez fait la guerre comme moi!

LE GÉNÉRAL

D'abord, comme il est menuisier de son métier, et non cocher, changement d'air! je l'emmène à Gromiline pour raccommoder mes meubles.

ELFY

Comment! vous partez, mon général?

LE GÉNÉRAL

Je pars dans un mois avec la malédiction secrète de la petite Elfy!

ELFY, *protestant.*

Oh! par exemple!

LE GÉNÉRAL

Oui, mon ami Dérigny! Je vous emmène, ça va? (*Dérigny fait un signe évasif.*) A moins qu'au lieu de changer d'air, vous préfériez mon second moyen?

DÉRIGNY

Lequel, mon général?

LE GÉNÉRAL

Vous êtes veuf, Mme Blidot est veuve, épousez-la.

Mme BLIDOT, *riant.*

Comme cela, sans mon avis, mon général?

LE GÉNÉRAL

Vous pourriez tomber plus mal, Dérigny est une perle. C'est un autre Moutier. Je parie que Dérigny vous adore.

DÉRIGNY, *souriant.*

Certes, j'ai apprécié...

Mme BLIDOT, *l'interrompant.*

Merci du projet, mon général. J'apprécie l'honnête homme qu'est Monsieur Dérigny. Mais vous n'avez pas songé que je ne puis quitter mes enfants...

DÉRIGNY, *souriant.*

Vous voyez, mon général, la question de ses enfants!

LE GÉNÉRAL

Ses enfants d'adoption, distinguons...

Mme BLIDOT

Oh! ils sont bien à moi maintenant. Personne ne me les arrachera. Je vais même les présenter à M. Dérigny qui ne les a pas encore aperçus.

DÉRIGNY, *troublé*.

Des... des garçons?

Mme BLIDOT

Oui, des garçons, de beaux garçons de six et huit ans. (*Appelant.*) Jacques, Paul! (*Dérigny se lève à ces noms. Jacques et Paul paraissent.*) Tenez, les voilà!

SCENE VIII

LES MEMES, JACQUES et PAUL

DÉRIGNY, *les bras en avant.*

Jacques! Paul!

JACQUES, *après un court instant de surprise*

Papa, papa! (*Il court avec Paul vers Dérigny qui tombe comme une masse.*)

LE GÉNÉRAL

Mille bombes! c'est l'Auberge des Miracles, ici!

MOUTIER, *se précipitant.*

Vite, de l'eau! une blessure s'est rouverte! (*Elfy court.*)

Mme BLIDOT, *avec désespoir.*

Leur père! c'est leur père!

JACQUES et PAUL, *alternativement.*

Papa, papa! C'est lui, sauvez-le, maman Hélène! Sauvez-le!

Mme BLIDOT, *se dominant.*

Oui, oui, on vous le sauvera. (*Elle s'agenouille, Elfy lui passe une bande de pansements : elle bande la tête de Dérigny.*)

LE GÉNÉRAL, *à Jacques.*

Je n'y comprends rien. Tu t'appelles Aubry, et lui Dérigny?...

JACQUES

Je me souviens maintenant. Il ne fallait pas dire ce nom-là, à cause des gendarmes... Mon pauvre papa! il ouvre les yeux! il me reconnaît, il reconnaît maman Hélène! (*On asseoit Dérigny sur une chaise.*)

DÉRIGNY

Mes enfants, mon Jacques, mon Paul! (*Il les embrasse.*)

JACQUES

Papa... mon papa!

DÉRIGNY

Mon instinct ne me trompait pas en revenant dans ce pays.

Mlle BLIDOT, *tristement, au général.*

Voilà ma tâche terminée... Ils sont à lui. (*Elle fait quelques pas et s'assied en pleurant. Elfy va vers elle. Le général perplexe près de Moutier, se tourne alternativement vers les deux femmes et vers Dérigny et ses enfants.*)

JACQUES, *à Dérigny.*

Mon papa! Deux ans que nous t'avons perdu!

PAUL.

Comme j'ai pleuré dans le bois avec Jacques!

DÉRIGNY

Mon Paul! Mon Jacques! J'étouffe de joie. Nous ne nous quitterons plus jamais.

JACQUES

Oh non jamais!

PAUL

C'est bon de dire papa tout le temps!

LE GÉNÉRAL, *se décidant à intervenir désigne Mme Blidot.*

Dérigny, mon vieux! Vous retrouvez vos enfants. Elle perd les siens!

DÉRIGNY, *essayant de se lever.*

Quoi, madame Blidot? C'est à cause...

LE GÉNÉRAL

Mais oui, c'est à cause! Restez donc assis. On va vous laisser un instant pour vous remettre. Vous la consolerez, vous lui devez bien ça. (*Aux autres.*) Allons, nous autres! Je vous offre un tour de cinq minutes dans la propriété Bournier. Ça vaut la peine, vous allez voir.

ELFY

Mon général. Cinq, ça va vous coûter encore cinq cents francs, au tarif de l'entrepreneur!

LE GÉNÉRAL

Ce brave entrepreneur! Il gagne sa vie! Allons, les enfants, laissez votre père se remettre! (*En s'en allant, les enfants envoient des baisers à leur père.*)

ELFY, *bas à Moutier.*

C'est égal! Cinq cents francs!

LE GÉNÉRAL, *marchant vers l'auberge Bournier.*

Qu'est-ce que vous dites, Elfy?

MOUTIER, *la faisant taire.*

Rien, mon général! On vous suit! (*Ils passent tous derrière la toile de l'hôtel Bournier.*)

SCENE IX

Mme BLIDOT, DERIGNY

DÉRIGNY, *doucement.*

Madame Blidot? (*Elle ne bouge pas.*) Maman Hélène!

Mme BLIDOT, *tressaillant sans quitter sa chaise.*

Maman Hélène, maman Hélène! combien de fois ai-je entendu sortir de leur bouche cette douce chose! cette caresse! Je m'y étais habituée. Mon égoïsme y trouvait son compte. Car c'est bien de l'égoïsme d'aimer comme je les aimais! Ils étaient à moi, rien qu'à moi... Tout le long du jour, j'écoutais leur babil... des cris de pinsons, des éclats de rire, des jeux turbulents et je me répétais orgueilleuse, insensée. Ils sont à moi, ils sont à moi! bien à moi... Ah! maman Hélène, maman Hélène! (*Elle sanglote.*)

DÉRIGNY, *assis.*

J'éprouve une peine... une peine infinie à vous voir pleurer. Mes enfants qui vous aiment, que vous avez entourés de soins maternels, ils ne sont pas perdus, ils vivent, ils vous verront encore, vous choyeront... Je ne pourrai jamais remplir entièrement la place que vous avez prise dans leur cœur!

Mme BLIDOT

Mais vous partez! Vous suivez le général! Ils partent avec vous! Ah! je suis folle tenez! (*Elle se lève et voit Dérigny pâlir et battre des bras. Elle se précipite.*) Monsieur Dérigny! Hé bien! Qu'avez-vous? (*Elle soutient sa tête contre elle.*)

DÉRIGNY

Je partais, je crois... Un éblouissement... l'émotion de mes enfants! la vôtre...

Mme BLIDOT, *maternelle.*

Calmez-vous, vous n'êtes pas raisonnable, mon blessé!

DÉRIGNY, *douloureux.*

J'ai peut-être mal fait de vivre! Pour les enfants, la mère compte avant tout. Ils avaient perdu leur mère, ils en ont retrouvé une, et quelle mère!... une maman Hélène! (*Il met sa main devant ses yeux.*)

Mme BLIDOT

Je vous défends de pleurer, sans quoi je m'en mêlerai encore! Ah mon pauvre Dérigny! Aucune solution à cette peine.

DÉRIGNY, *hésitant.*

Si vous vouliez.

Mme BLIDOT

Si je voulais?...

DÉRIGNY

Ce qu'a dit le général... Nous sommes libres tous deux.

Mme BLIDOT, *songeuse.*

Libres! c'est vrai...

DÉRIGNY

Les enfants continueraient à vous appeler maman Hélène...

Mme BLIDOT

Vous voudriez?

DÉRIGNY

Ma femme, oui. Ou plutôt la mère de Jacques et de Paul. On partagerait leur tendresse. On serait tous ensemble. Ça serait beau pour ce pauvre Jacques Dérigny que vous avez soigné? (*Il lui prend la main.*)

Mme BLIDOT

Jacques? Vous vous appelez Jacques aussi?

DÉRIGNY

Oui, alors?

Mme BLIDOT

Ma main est dans la vôtre, elle y restera.

DÉRIGNY, *la portant à ses lèvres.*

Maman Hélène! Merci! (*Il se lève et passe à l'avant-scène avec elle; les autres reviennent.*)

SCENE X

LES MEMES, LE GENERAL, MOUTIER, ELFY, JACQUES, PAUL, puis L'ENTREPRENEUR.

LE GÉNÉRAL

Qu'est-ce que vous dites de cela?

MOUTIER, *contraint.*

C'est beau! Tous les voyageurs descendront là!

ELFY, *rageuse.*

La concurrence que vous avez prévue, mon général!

LE GÉNÉRAL

Parbleu! cet hôtel-là sera la fortune du propriétaire. (*Regardant Dérigny et Mme Blidot.*) Eh mais! Il me semble que ça se raccommode entre ces père et mère ennemis!

DÉRIGNY, *au général.*

Mon général! Elle consent à être ma femme!

JACQUES et PAUL, *sautant de joie.*

Quel bonheur! quel bonheur!

ELFY

Bravo, Hélène!

MOUTIER

Compliments, Dérigny!

LE GÉNÉRAL

J'emmène toute la famille à Gromiline...

JACQUES et PAUL, *dansant.*

A Gromiline! Quel bonheur! On va voyager!

LE GÉNÉRAL

Après quoi, je liquide ma fortune en Russie, et je viens finir mes jours à l'Ange-Gardien, auprès de Moutier et d'Elfy qui font une tête à cette charmante perspective!

MOUTIER

Mon général! Vous êtes méchant!

LE GÉNÉRAL

Pas toujours! (*Apercevant l'entrepreneur près de l'hôtel Bournier.*) Vous êtes prêt, monsieur Leroy?

L'ENTREPRENEUR

Commandez, mon général!

LE GÉNÉRAL

Alors, feu! (*L'entrepreneur fait un geste, la toile cachant la façade de l'hôtel tombe. On aperçoit l'enseigne : « Au Général reconnaissant ».*)

TOUS

Oh!

LE GÉNÉRAL, *présentant la maison.*

L'auberge du *Général reconnaissant*. Mon cadeau de noces au brave Moutier. (*A Mme Blidot.*) Etes-vous encore inquiète pour le festin, maman Hélène? (*L'entrepreneur lui passe des papiers.*) Moutier, voici vos titres de propriété, y compris le petit pré.

MOUTIER, *médusé.*

Ça par exemple! Mon général!...

ELFY, *sautant au cou du général.*

Je suis une méchante petite fille. Je vous avais mal jugé!

LE GÉNÉRAL

J'ai des façons à moi, hein?

JACQUES, *au général.*

Vous invitez Torchonnet à la noce?

LE GÉNÉRAL

La noce? Mes deux cents invités! Ecoutez s'ils viennent pour féliciter les fiancés! (*On entend une musique et des vivats.*)

JACQUES, *insistant.*

Mais Torchonnet?

LE GÉNÉRAL

Torchonnet? Son sort est réglé. Parti en apprentissage avec une bourse. Vous ne le reverrez jamais!

SCENE XI

LES MEMES, TORCHONNET,
puis foule de villageois avec musique.

TORCHONNET, *galopant vers le général qu'il agrippe.*

Mon bienfaiteur! mon père! ma mère!

LE GÉNÉRAL

Au secours! Mon ventre! Mes bretelles, mes culottes! (*Tous se mettent en grappe pour le dégager.*)

LE GENDARME, *accourant.*

On égorge un enfant? Tenez bon l'assassin! Qui est-ce?

MOUTIER, *riant.*

Torchonnet et le général!

LE GENDARME

Le général! (*Il décampe.*)

JACQUES et PAUL, *après que la grappe est tombée et le général assis.*

On tient Torchonnet!

LE GÉNÉRAL

Ce n'est pas trop tôt! Et maintenant que voici la musique, en avant deux! J'ouvre le bal! A chacun sa chacune en l'honneur d'Elfy et Moutier. (*Tous défilent devant Elfy et Moutier en chantant le refrain du zouave.*)

RIDEAU

Le zouzou, c'est un rude soldat
Brutal au feu, tigre au combat
Vive la France !
Mais les femmes, les enfants encor
Disent que l'zouzou loge un cœur d'or
Sous sa garance !

Le zouzou partage son pain
Avec le pauvr' avec le chien
Leur donne à boire;
Mais par contre il gronde en mordant
C'est quand on veut lui prendre aux dents
Sa part de gloire.

PARIS

IMPRIMERIE DU PALAIS

20, Rue Geoffroy-l'Asnier, 20

IMP. CUSSAC, PARIS.